| 我们都在认真生活 |

我在田野等风吹过

曹兵 著

陕西新华出版
太白文艺出版社·西安

图书在版编目（CIP）数据

我在田野等风吹过 / 曹兵著. -- 西安：太白文艺出版社，2024.1
（我们都在认真生活）
ISBN 978-7-5513-2519-6

Ⅰ. ①我… Ⅱ. ①曹… Ⅲ. ①诗集－中国－当代 Ⅳ. ①I227

中国国家版本馆CIP数据核字(2023)第225499号

我在田野等风吹过
WO ZAI TIANYE DENG FENG CHUI GUO

作　　者	曹　兵
责任编辑	姚亚丽
策　　划	马泽平
封面设计	郑江迪
版式设计	建明文化
出版发行	太白文艺出版社
经　　销	新华书店
印　　刷	西安市建明工贸有限责任公司
开　　本	880mm×1230mm　1/32
字　　数	103千字
印　　张	9.875
版　　次	2024年1月第1版
印　　次	2024年1月第1次印刷
书　　号	ISBN 978-7-5513-2519-6
定　　价	45.00元

版权所有 翻印必究
如有印装质量问题，可寄出版社印制部调换
联系电话：029-81206800
出版社地址：西安市曲江新区登高路1388号（邮编：710061）
营销中心电话：029-87277748　029-87217872

尘埃里绽放的诗意之花

太白文艺出版社总编辑　戴笑诺

一朵花开放在山崖上，它所依赖的是土壤、水分、空气和阳光。如果土壤、水分是物质，那么空气和阳光就是精神。一个人有思想、有感情，依赖的不仅仅是物质，在生命的最深处，依赖的是精神的力量。

诗歌的美，在于它就像一面镜子，反映我们内心的世界，也反映我们对生活的理解和感悟；同时，它也让我们看到生活的美好，感受到人性的光辉，激发我们对生命的热爱和对未来的期待。这种对生活的理解和热爱在我读到"我们都在认真生活"这套诗丛时感受尤为强烈，因为这三部诗集所收录的诗歌都是对生活之美最真切的发掘和再现。生活之美千姿百态。有一种美，积聚自平凡生活最深处的微光。我们总以为，平凡的人生提炼不出华丽的辞藻，演绎不出跌宕起伏的情节。然而，有一种人，他们能够用诗心掸掉生活的尘土，点燃心中的火苗。即使面对最朴素和最艰苦的一切，也能迸发出独属于自己的那一份力量。在高度碎片化和重复化的日常中，榆木、曹兵、迟顿三位诗人保持着对生活敏锐的感受力，表现出对周遭世界高度的关切和直面生活的真诚，他们把这种体悟转化为诗的语言，最终萃取出一首首打动人心的诗歌。

剔除作者们诗人身份的共性，他们就被还原为矿工和农民，普通如我们每一个独立的个体。他们有自己的幸福和希冀，也有自己的烦恼和失落。但我相信，哪怕是此生注定要在这尘世中踽踽独行，他们内心也一定渴望在现实生活中开启另外一扇隐秘而又独特的窗，为他们打破庸常琐事的束缚，在诗歌的世界里自由歌唱。

在这三位诗人中，榆木的名字是最具有辨识度的，他的诗和人，都像一截木头，纹理分明，触感粗粝，有着弥足珍贵的天然和纯粹。我至今仍记得初次读到他书稿时的那种震撼，"当他们从地心深处，争先恐后地挤出井口／多像是一块块煤，转世回到了人间"（节选自《赶着下班的矿工》）。榆木没有系统学习过诗歌写作的理论知识，在他的诗歌中，几乎读不到任何斧凿的痕迹。榆木知道，真诚是他能赋予诗歌的最为可贵的品质。

曹兵在生活当中应该也是隐忍而内敛的吧，他的诗歌如他赖以生存的土地一样，厚重、澄净，充满生机和力量。与榆木的粗粝相比，曹兵显得更为细腻，他似乎总能捕捉到意味无穷的细节并加以打磨，使之化为绵密的语言之网。他写不断穿行于各个城市间的羁旅生活，也写旅途中的所见所闻。在《深夜，一列火车经过》中，他写道："我也是醒着的人。正好零点／哐当哐当，火车由远及近／很多夜，我已经熟悉了这种突兀的声音。"没有刻意放大颠沛流离之苦，只是平静地记录和叙述，看似平淡，却又耐人寻味。

他们三位中，在诗歌中沉入最深的应该是迟顿。读迟顿的诗，给人的感觉不像是出自一位矿工，而是出自一位手艺精湛的老木匠，以笔作刀，在纸上雕琢。正如他在《老木匠》中写的那样，"为了解救一块木头／他使用了斧头、刨子和锋利的锯／为了使它们有好的出身／他又给每一块木头开榫，断肩／雕琢美丽的花纹"。这木头不仅仅是木头，更是文字，是迟顿在生活中度过的每一天。他从这些汉字中揪出它们的魂灵，并赋予它们全新的形象，使它们代替自己活在这珍贵的人间。

我不知道像榆木、曹兵、迟顿这样的诗人还有多少，他们隐在尘埃里，认真地生活和写作，甚至没有想过诗歌能够带给他们什么。但诗歌的确在改变着他们的生活，让他们从人群中站出来，让他们的形象，在阳光下更为明亮一些。

他们没有显赫的声名，质朴而幽微的诗歌带给他们的只是一种可能，一种暂时无法定义的充满可塑性的可能。或许也正是因为少了显赫声名的枷锁，他们的写作才更自由、更真诚，似乎只需要仰头或者弯腰，就能从生活中撷取那些读来令人震撼的诗句。

"我们都在认真生活"这套诗丛是开放的，我们出版这套诗丛的初衷，是希望未来还会有更多的如榆木、曹兵、迟顿这样的劳动者的诗集持续推出，给他们一个认真生活、展现自我的平台。同样，也希望借助诗歌，让普通的你我看到生活的点滴，感受生活的热情，理解生活的美好，在困惑和迷茫中找到方向，在痛苦和挫折中汲取力量。

目录

第一辑 无伤悲

003 深夜,一列火车经过

004 无处告别

005 三杯酒

006 小幸福

007 我们都是有病的人

008 秋虫的低鸣

009 我怎能说我不是孤独一人

010 莫名伤悲

011 心上秋

012 说过晚安

013 远方

014 最后的夏夜

015 无伤悲

016 残缺

017　空气

018　人世珍贵

019　远方的你

020　等

021　孤独者

022　闯入者

023　夜

024　隐居在果实的内部

026　二月

027　麻雀也是有故乡的

029　微小的事物

030　岁月凝香

031　钟

032　劈柴的人

033　斑马

034　喜欢之一种

036　献词

037　翠鸟

039　故乡

041　杂草

042　铁锄

043　一只羊在深夜咩叫

044　在乡下

045　泥土歌

046　活着

048　在人间

049　镜头

050　灯火

第二辑　时间的窄门

053　新年

055　平安帖

056　时间的窄门

057　冬至

058　爱

059　大风歌

060　蛙鸣

061　蝉声

062　稗子

064　在菜园

065　起风了

066　雀舌

068　向日葵

070　麦子

072　绿皮火车

074　逃

076　余日无尽

078　栀子花开

080　念

081　月之后

083　捞月亮

084　制造火车

085　邮筒

086　大面积的忧伤

087　我看到了一只羊的一生

088　中秋夜

089　秋日

090　秋思

091　素描

093　中年大雨

094　雪江山

095　青苔

096　枯

097　孤独

第三辑　大地上的事物

101　玻璃上的睡眠

102　去邮局

103　棉花的香气

104　柿子记

105　废墟

106　看云

107　耳鸣

108　刺猬

109　猎户座

110　陌生海岸

111　树在什么时候需要眼睛

112　矿场回来的人

113 问候

114 私人心愿

115 我正在掌握可塑形的日子

116 竹林七贤,兼致篷诗友

117 一颗土豆

118 大地上的事物

119 清晨的卜辞

120 墓碑

121 草木经

122 从铁开始

123 短歌

124 街头小憩

125 出生地

126 冬天

127 时间旅行者

128 森林与苔藓

129 自画像

130 沉默

131 猫头鹰

132 灰烬

133　黑暗

134　冰面

第四辑　无限爱

137　九月

138　住在冬天的影子里

140　在春天，怀念一些旧事物

142　元宵

144　飞鸟

146　钟声

148　木梳

150　祝酒词

152　呐喊的形状

153　意外

154　大雪

155　幸福的样子

156　母亲节

158　无限爱

159　渡

160 回家

162 存在

164 人间

166 纸上嘶鸣的马

167 光影下的女子

169 十行

170 前度

171 春水流

172 下午

173 乌鸦也可以是神圣的

174 简介

176 时间

178 山河

179 进入一块石头的内部

181 秋日语

182 河山

184 词的作用力

第五辑　天将晚

187　一天

189　哪一个春天不是绝处逢生

191　候鸟飞过天空

193　寻友者不遇

195　父亲和羊

197　大风

199　我们信奉世上有无形之手

200　劳作

201　麦香

202　这样的时刻

203　炊烟

204　天将晚

205　问候

207　瓦片

208　恰到好处的孤独

210　掌控

212　一次闪电

213　废墟上的母亲

214 殇

215 穿越边境线的孩子

216 空山寂寂

217 落日论

218 出生地(二)

219 转瞬即逝的雨

220 语言是无用的

221 冥想录

222 即景

223 驶向1975的拖拉机

224 少年谣

225 无事书

第六辑 真情书

229 生日曲

233 姐姐

235 赞美诗,兼致乐果

237 晚祷,兼致田螺

238 瓷片,兼致田螺

239　歧路，兼致小村

241　流水的声音，兼致玫瑰

242　回到越国，兼致浅韵凝

243　淮河水，兼致小米

244　礼物，兼致素素

245　回声，兼致南音

246　猫头鹰从黄昏起飞，兼致莫浪

247　铁的内心，致都教授

249　人世间，兼致宁乔

250　世有爱，兼致曾朴

251　河水拐弯的地方，兼致李向菊

253　阳光的重量，兼致李蓉

255　太阳没有悲伤的脸

265　武汉时期的爱情

269　微光

270　一首写在雪中的诗

第七辑　你好，于小姐（组诗）

275　我爱，这春雨的早上

276　春雨

278　暮春

280　低处

282　素描

284　谈及爱情

286　喊醒一朵花

287　歧路

289　呼喊你的名字

291　每一声鸟叫都怀有喜悦

292　别

294　心动

296　情诗

第一辑 无伤悲

深夜,一列火车经过

铁皮屋,醉酒的人都已经沉沉入睡
不喝酒的小伙子,依然追剧
偶尔,咯咯地笑出声
黑暗里,无法看清他的怪异表情

我也是醒着的人。正好零点
咣当咣当,火车从远及近
很多夜,我已经熟悉了这种突兀的声音

就像许多年前,我也在这样的时候
或离开家去外地,或从异地回家
无数次重复同一个场景

现在,我竟然羡慕
一列深夜的火车和火车上每一个人
他们中,一定会有醒着的人
一定,会开窗和我看同一颗星星

无处告别

铁皮屋里
李老头的床,换了个小伙子
年过六十的人,还差点和别人打起来

一个人离开,空气并没占去多余的部分
整个晚上,我只记着他满头的白发,和父亲一样
在这里,我们都是没有表情的机器人
没有人在意年龄大小,更没有人懂得尊老爱幼

这些漂泊的人儿,已经放弃了告别
而我还是悄悄地记下这些
就像某一天,我也会走失
就像现在,我也需要
有一个人记起我

三杯酒

夜明显黑得早了一点
不到七点,铁皮屋里工友们一个不缺
做工的钱迟迟不给,沉默的人们更加沉默
每个手机的音量都很大,仿佛在替主人呐喊
这些年,我依旧保持静音状态
手机里群消息好像跳舞的小人
天涯海角的人聊得火热,我试图插进他们当中
打字,又删除,重复无数次后
便彻底放弃。我们的调子差得太远
唯有一个女孩的酒杯还在屏幕上摇晃
一杯,两杯,三杯……
我无法测定一杯酒里的酒精含量
屋里的灯光晃了几下。一些灵魂
开始在黑暗里飘荡

小幸福

直到天完全黑了下来

直到黑得再也看不见身前路

他和他才回来

铁皮屋,照样凌乱不堪

加完班的人,草草扒拉了两口饭

一天算是结束了

能给多少钱呢?他和他都没谈起这个问题

老板的亲戚第一次语调温柔

甚至低三下四地求他俩干完那点活

一想到这里,他们笑了很久

以命换钱的人,第一次无视了钱

弯了半辈子的腰,悄悄

直了起来

我们都是有病的人

铁皮屋,是和高楼里的天一起黑的
几个百无聊赖的人,手执一瓶廉价白酒
开始轮流喝了起来
他们大的六十过了,小的二十左右
酒精的气味开始在空气里浓烈起来
说话的声音越来越大
在一口白酒里,他们摒弃了往日的不愉快
谈陈年往事,语调越来越温柔
白天的那些粗野之话,突然消失了
在这异乡的天空下,我静静地看着他们
越来越觉得,他们是父子,是兄弟
更是一家人
直到酒尽,直到夜深
没有一个人提起,远方的
家

秋虫的低鸣

风掀过铁皮屋的顶子

风很清凉,唯有哗啦啦的声音

让人怀疑,它随时会倒下

要来的雨还在路上

离家近的工友开始有点兴奋

手机里的天气预报

被翻了一遍又一遍。只有雨天

是老天定下的假日。该做的事很多很多

已经被捋了无数次

夜在慢慢变深,兴奋的人们越来越沉默

没有一滴雨落在头顶

一只虫子的声音

慢慢爬进屋子。从小到大

仿佛,秋天已经结束了

我怎能说我不是孤独一人

灯点亮,铁皮屋热闹了起来
每个人
都像练习语言的婴儿,喋喋不休
原谅一群沉默了一天的汉子。蛊在身体里的毒
需要趁着夜色慢慢消散

藏身蚊帐的人,用薄薄的纱
隔开了人间喧嚣。他有与生俱来的沉默
是另一个练习者。声音止于喉间
用无数词语组合自己的江山
一个理想国的模样,在屏幕间跳跃

多少隐秘事,被黑夜一点点吞没
风一吹,就散了
加重的鼾声中。我睁大眼睛
等天亮

莫名伤悲

铁皮屋,做工回来的人

吃着各自的饭。然后齐刷刷倒在床上,倒下的还有

　软软的骨头

对床的园园外出买东西,能坐五个人的车

只有我们三个,其中一个是唯一的老乡

在油腻的小餐馆,我们就着小菜

喝完几瓶啤酒

不知园园的姐姐发了多少红包

他用微信支付了八十六元的餐费

我们居然什么都没有说

回来的柏油路上,车一辆接着一辆

灯光那么亮。这黑暗的车厢

忧伤一路溢出,没人能

弯腰捡拾

心上秋

百十公里的距离，抬腿就可以到家
整个夏天，他都在练习
翻筋斗云

直到秋风起，他还停在原地
为一张纸卖命的人，心有碎碎念
换了无数把算盘，工钱比日子更瘦

他知道，把干枯的玉米叶捋一捋，还能长高一寸
在灶膛里烧一把火，炊烟就能上天
和父亲一起点一支烟，许多话一定能等到月亮爬
　　上来

可秋风渐冷啊！连影子都学会了打战
在没有一片落叶覆盖地面之前。他能做的
仅仅是披件旧衣裳

说过晚安

说过晚安的人
又爬了起来。铁皮屋里
灯光通明,我按下关灯按钮

在光明中睡去的人,鼾声雷动
突然心生羡慕,躺下就能入眠的人
前生,一定积下太多福

黑暗笼罩大地,灵魂孤单出行
在发出 N 个表情之后,我只是在提醒这个世界
此刻,我活在人世

我不知道,还有多少人,头枕着月光
说过无数遍晚安,在空无一物的天花板上
寻找着比黑夜更长久的,安慰

远方

总是在某个时候

会收到你的信息

一个表情或是问候。不能再简单了

此后,再无下文。只有沉寂

这样的日子,比很久更久

偶尔,会想到你天使般的容颜

也会看到一层淡淡的忧伤,在你我之间悄悄弥漫

我们和这尘世一样虚无

远到,我还无法完整记下一个名字

而现在,我决定发一条信息

一早上,我还是没从繁杂的汉字库里

找到适合的,那个词……

最后的夏夜

铁皮屋，四处漏风
在夏夜，还是有过多的热量无法散去
游戏声、电影声在狭小的空间碰撞
声嘶力竭的声音，好像在替一群沉默的人
发出野兽般的呐喊

吐烟圈的人，在垒方块字
一次又一次，把自己放进去，又拉出来
这么多年，他都在寻找更为合理的谋杀方式
而没人知道，他的游戏，越来越炉火纯青
他的笑容，越来越像小时候

无伤悲

拥挤的工棚里
他睡我上铺
我们一起喝酒,一起抽烟
干活的时候,配合默契
只用眼神和手势。好像这样
可以省去很多力气

一个月后
他去另一个地方谋生
我们一起又抽了一次烟
对他以后的情况,我一无所知

再过了几天,我甚至记不起
他的样子
一生中,会遇到多少个这样的人
无端走失

残缺

唯一的风扇，在长久的高速转动中
重重地摔在地上
夜晚的铁皮屋，宁静了很多
偶尔，有打火机轻微的响声
谁又点燃了一支烟

有人摆弄了一下坏了的风扇
两片碎了的扇叶已无法修复
高温如往常

没有人喊出一声：热
只是开始点上蚊香
再等一会，我们又可以热烈地
讨论蚊子

空气

老式风扇一直在转

吱吱呀呀的声音,有些嘶哑

矮小的铁皮屋里,我数了数

还有八个男人。没有人说话

每个人的手里,手机,是年轻的

每一张脸,都是苍老的

这个画面,有些违和

偶尔,有人点燃一支烟

偶尔,有人梦游般发出笑声

只有空气,不偏不倚

让这些异乡人

继续活下去

人世珍贵

浩荡的蓝,深邃的蓝,盛大的蓝……
我形容的颜色单调,我能动用的词语不多

人间匆忙,时间有限,深夜写诗的人
对亘古不变的蓝,没有一点办法

人世珍贵,活着有许多种,为什么写诗?
你看那蓝,多少年来,从没有变过

远方的你

每天,重复同样的动作

把那面镜子擦拭干净

把相框上的玻璃擦拭到一尘不染

它们,被摆放得如此近

好像,不离不弃

十年了,他还在使劲地擦

从不理会镜子里,自己苍老的面容

仿佛只要擦去,最后一粒尘埃

她,就会从相框的玻璃中

走出来

等

每天,生火,做饭
把屋顶的炊烟扶直

不让每一片落叶,很久地站在同一地方
那些日夜生长的杂草,都要一一除尽

做完这些,一天的太阳又被推下了山
而远方和群山一样沉寂

等你归来。这些细微之事
怎么垒?才可以把这些年弯弯曲曲的
心事,一一捋直

孤独者

深陷夜色之人

关上门和窗，还需

拉上窗帘。动作轻轻，生怕

惊扰了一个好人间

最后，拉灭灯

省略所有天花板

纯粹的黑。尘世深沉如墨

一个微小之人，才好作笔

轻轻地，割开自己

那些，"不足为外人道"的隐秘之事

在太阳出来之前

如呈堂证供般，被

——记录在案

闯入者

电话声响起,失散许久之人打来

窗外,春色弥漫人间
不作寒暄,我们需要致命一击

隔着一百米的距离,背对着背
更多失联之人,在更远的远方
一根救命的稻草,只是偶尔的漏网之鱼

仿佛,我们刚刚认识
仿佛,我们又一次走失……

夜

空荡荡的二楼,无人走动
一个骷髅的体内,必有一盏灯
亮一点。让根根肋骨
清晰可见

拒绝风声

赤裸者不必害怕伤害。一些句子
成为黑夜游走的
蛇

隐居在果实的内部

一片雪花,仿佛有神的光芒
它们,有的在空中化为水
触地消失不见

直立的玉米秆子,撑到了最后一刻
一片雪的重量,让它深深低下了头
荞麦的果实,一粒接着一粒落

整个秋天,一下子苍老了很多
更为苍老的,是我不可描述的场景
比如我七十岁的父亲,和他一样年纪的老人

他们在寒风中,和自己较劲
一边诅咒着天气,一边一次次弯下从来没挺直的腰
每一粒遗失的粮食都是他们的命
命是不可丢的

而那些撒在异乡的孩子,太远了

从没出过远门的他们,只能狠命地

在自己这一亩三分地上,捡孩子

二月

在北方,未化的雪
如羊群一般散落山川

立春节气已过,爬上枝头的
依然是冬天的几只老麻雀

村口的大杨树上
喜鹊每天都在叫。叫一声
就回来一个还乡人
离新年越近,喜鹊就叫得越欢
一年之中,总会有一两户
铜锁生锈

只有喜鹊,不知深浅地
在叫

麻雀也是有故乡的

一群麻雀在枝头叽叽喳喳

一个热闹而欢快的早晨开始了

我不知道,现在的这群是不是昨天的那群

但有几只,一定是

再过一会,它们将无声无息飞走

热闹的早晨将结束

没有人会问,剩下的时间,它们去了哪里

昨晚的夜里,露水可曾打湿了飞翔的翅膀

它们寻找到食物没有

在树影里,它们如此相像

没有人能分辨出它们的不同

它们只是一个群体,只有一个名字的群体

可以忽略喜怒哀乐、生老病死

甚至忽略数量,以群代替

忽略个性、体形差异

能记住的是,明早它们依然会落在

门口快要腐朽的白杨树上

望着有些年头的老屋、老人
用微弱的叽喳声,拉开一个乡村苏醒的
序幕
能确定的是,它们也是有故乡的
虽然,我从没有真正看到过

一只麻雀的家。但它们依然会准时
落在门口的白杨树上

微小的事物

我能列出来的微小事物,数不胜数

一队奔跑的蚂蚁,企图占领天空的麻雀

在老屋屋脊上站立了十几年

被风吹倒的白鸽子

长了一茬又一茬的玉米、荞麦、胡麻、小麦

母亲菜园里的辣椒、黄瓜、西红柿

还有在棚圈里安静吃草的牛啊,羊啊

大门外散步的小鸡

……

它们都属于微小事物

在这个小小的山村,我们是父子、兄弟

同命相怜的亲人

它们,是我常常忽略的一部分

而山背后,日夜奔跑拉煤的火车

它就快要拉空大山底下的宝贝了

它是庞大的事物,是被我用来赞美的

绝大部分

岁月凝香

在春天

形容一场突然而至的大风

多么困难

草木翻滚,从一个故乡奔向另一个故乡

村庄鲜有人迹,偶尔出现的老者

步履缓慢,沉稳

没有一行脚印清晰可见

只有风吹散的头发,有雪一样的光芒

让太阳直刺人心

奔跑的草木

露出最后的骨头,化骨成灰

让整个春天都是新的

岁月,多么大一个词

风一吹,就散了

空留草木,绿了又枯

钟

老虎绝迹,豹子失踪

狼群隐匿在更远的森林

只剩下被遗弃的狗,三五成群

在残雪点点的山梁上游荡

我已接近暮年,激情、热血和理想消失殆尽

体内的警钟不时敲响

为了苟延残喘,把一条破命活得更长一些

我努力绕道而行,生怕它们

在无食可觅时扑向我

我提着钟,生怕忘记自己

最后的江山

钟声提着我,像是在炫耀

一个王朝还没有衰败

劈柴的人

如果说他是我的父亲,也没有什么不对

在西北高原,你会碰到这样的人
他们积攒着树木的枯枝,码放整齐
等雪缓缓落下的时候,整件事情才开始有意义
斧子在空中翻飞,木屑在雪花中穿行
柴火大小均匀,和炉膛一致
炉火开始燃烧,劈柴的人完成了一天的工作
眯着眼睛,罐罐茶在铁罐里冒着香气
一个人陷入回忆,柴火化为灰烬
两个不相干的事物,发生了神奇的联系

斑马

玻璃和远山一样,有斑驳之美

这并不影响阳光照进屋子,让一个人坐在

光里

如此大好的天气,我没有想去擦拭玻璃

世界日新月异,我爱的事物都变旧了

包括自己的臭皮囊

窗外,一匹斑马在散步,我不会承认这是

幻觉

我要骑着它走向更深的冬天

——我是我的斑马

喜欢之一种

我喜欢这样的时刻：老树挺立，群山寂静如打坐的
　　僧人
众鸟失踪，空气在薄凉的阳光中流动
亲人都围坐在火炉边，絮叨着昨日往事
一面屏幕就是一个好江山

我坐在寂静里，阳光给粗糙的皮肤镀上真金
仿佛一贫如洗的人，也不用为今日油盐酱醋发愁
纸上有真经，万古愁和小欢愉挤在一个页面上
左手给你悲伤，右手送来离别
像是活在人间，不用出屋，就可窥视世间万象

如果有人此刻从山路走来，我还是有小惊慌
衣冠不整是一种，头发如荒草是另一种
给你倒茶，给你递烟
我们不诉鸡毛一地的小确幸，也不论黄金万两的陌
　　路人

你来了,我们又多见了一面

时间如倾斜的水银在瓶子里流失,手中的沙漏提醒

 着我们,生命枯竭的钟表

需要送去修理店。可

那里,店面关停

仿佛尘世中高悬的免战牌

看吧,我们何其幸运

一生拼命要掐断时钟的咽喉,它默不作声

提前把一种结局告诉了我们

献词

好人们继续苍老,坏人们也不会返老还童
时间的车轮公平地碾轧一切
包括不公平

富人们不会滑向赤裸的水塘,穷人们失去了一夜暴
　富的梦
钟表声声声入耳,响彻在大智者和大愚者的头顶

祝福的话语,牛羊收到,草木也会收到
它们活在自己的律令里,不懂人间复杂事

而深夜醒着的人,并没有躺在喜庆的红地毯上
他们有焦头烂额的塑像,也有置于凌霄的理想

但今夜,神不分贵贱和老幼
我们和牛羊、麻雀、一株盛开的花
一起度过红色挂历上的日子
一切如往常般安好,一切像剧本在彩排中

翠鸟

一只翠鸟

让我觉得稀罕

它不是麻雀的灰、喜鹊的黑

也不是白,是翠

和叶子一样的翠

在一户人家

阳台上的笼子里

它遗世而独立,远离山野

远离同类。在花园洋房中

为主人唱歌

还是展示美丽的外形?但短视频的画面

结束了,如果我

一直看,一只翠鸟

就不会死去

因为它活在冰冷的

画面里,让人害怕

故乡

每个人都有一个故乡,我不止一次
写下彭阳,仿佛只有这样
认识我的人才能搜索出我的今生
让故乡大一点,在无边的空阔里

省略人世的艰辛
人到中年,越来越清楚
广大的地方,没有一处属于我
我开始退让,交出体内多余的河山

再次写到故乡,我愿给它一座山
野草、树木、庄稼地、鸟鸣
和一条被雨水冲垮的山路,几座坟丘
那里荒草比人高

赞美留给一棵被雷劈过的老树
用幸存的一半身躯,发出新芽

仿佛告诉我,迷途的孩子啊

从你走丢的夜里开始,母亲一直站在窗前

杂草

作为不是植物的动物

我有着与任何植物和平相处的心愿

但是此刻,我手提利刃闯入玉米林

我认定除玉米之外,别的植物

都具有毒性,我不允许它们

和玉米抢夺养分、水分

锄头闪着寒光,拽着我在田间移动

不管是冒出地面或是茁壮成长的草

不管我是否认识,是否叫得上名字

光天化日,也不能阻止我行凶

面对死亡,所有的植物都不会哭喊

都没有任何表情。杂草慢慢干枯

我的影子越来越短

就要退回瘦弱的体内

铁锄

玉米垄间的野草开始茂盛
藏匿已久的锄头派上了用场

锄一下,总会掉下一丁点儿久远的锈斑
锄一天,一把锄头就要恢复原来的样子

也许再过三五天,或者五六天
所有长在玉米田里的野草都会被锄掉

锄头又将闲置。但总有那么一瞬
我看见,一把锄头应有的样子

一只羊在深夜咩叫

一只羊,在深夜咩叫

从下午到深夜,没有停止

这是羊羔被抱走,一只母羊的哭泣

几十年来,我习惯了这种叫声

一天,两天,三天,或者更久一点

母羊才能习惯这种分离

羊羔也会习惯断奶,开始吃草

它们隔着几十米,两个圈舍

再也不会见面了。哪怕羊羔

被屠宰厂拉走,母羊都无动于衷

今夜,像是一块石头压在心上

我有泪流满面的冲动

替活在尘世里的羊们

在寒露过后十月的深夜

在乡下

风有一搭没一搭地吹着
太阳的光影均匀地铺满了村庄

拖拉机低吼着穿过地头
有三两只麻雀起起落落

山道上有老人慢悠悠来回走动
举起的铁锹在阳光下寒光闪闪

过半的四月,桃花落满山冈
杏花又爬上枝头,多么安静

在乡下,各活各的
偶尔谈起天气。风是风,雨是雨

泥土歌

去往县城的班车,和昨日一样
喇叭声洪亮,要带走更多的
乡下人

小狗对着空山,发现了什么
无来由的犬吠声,像是村庄的
晨歌,掺杂着鸟鸣

我在走向田地,鞋里有昨天的
旧泥土。这个春天,每一天都新鲜
每一天都重复

我没有时间分辨新旧,像桃花没有时间
哀悼,就落满了地
杏花爬满枝头
杏花没有时间昭告天下

泥土养育了万物,但泥土没有收到歌声

活着

大风刮起的一天,我躲在老房子里

黄土筑就的土炕像群山接纳村庄一样

我继续着昨晚的美梦

仿佛疲惫不堪不是一日积攒的

闭上眼睛,我依然活着

许多不能实现的事,再一次重复

我期待神灵经过我的梦里

像那年的春天,羊群在山坡上吃草

牧羊人用书本当枕头

太阳一如既往地照耀着

我沉沉睡去,一个声音在耳边轻呼

等我醒来,山野空空

羊群挤在一起没有走丢

我第一次相信,神灵在暗示什么

此后多少年,我一直懊悔

耽误了好命运

此后,我两手空空,不敢面对尘世

我一直以活着的

方式,在梦里掘金

在人间

雪越下越大,落在田野里、山冈上
落在人迹罕至的地方
多么白的雪,多像最初的人世

落在路上的雪,每一粒都没有抱怨
也没有一粒雪能保持清白之身
它们是被人世抛弃的一部分

我还来不及准确比喻的时候
它已回归大地
和一滴泪水多么相似

镜头

青砖红瓦房,桃花绽放、杏花盛开
郁郁葱葱的梯田,羊群缓缓经过山道

远镜头,近镜头,特写镜头
甚至航拍。一种淡淡的乡愁
被成功背回城市的悠闲时光中

风景之外,留守的儿童
独自在家的老人,偶尔
升起的炊烟,被轻轻放回原位

灯火

刘村,大风吹落树上张望的喜鹊
刘村小学,野草快要掩没春天

夜里,刘村亮着一盏灯,光照不了多远
刘村小学,只有一间教室亮着灯

两盏亮着的灯,多像以前的煤油灯
风吹来,就要灭了,又慢慢亮起

第二辑　时间的窄门

新年

一个冬天没有落下的雪,落在了年前
多少年没有的厚雪,堆满了腊月

三公里长的山道,我用扫帚扫着新年的
出路。两道车辙

再过几天,弟弟会沿着山道回家
拉回烟、酒和肉类

我准备好的大红灯笼,还没有挂上
要等到除夕,第一声鞭炮响过

像1990年一样,春节晚会开始
我们饮酒,吃肉,等天亮

在新年的白天大睡不起,雪那么厚
没有人会翻山越岭,去敲一扇大开的门

雪那么厚,酒醉的人们忘记说一株麦子的丰收。醒来,日历翻到了下一年……

1990 年的腊月

村庄卧在宣纸上,红灯笼在天空中晃荡

平安帖

热情高涨的人群
在屏幕里沸腾。仿佛某根神经在暗中作乱

他们没有说起圣诞,苹果是旧物
我盯着窗外,云层瓜分着阳光的地盘

寒潮,大风后天到达
在此之前,村庄静穆,人间祥和

时间的窄门

我被卡在时间的窄门里

我放弃了繁杂而冗长的叙事

铁皮屋,玉米地,白杨树

成为过去

现在,抒情的部分,在干草垛上

等着春天

而我,无所事事,有长长的空白时光

只有一场大雪,让我不浪费时间

必须足够白

能掩埋群山、村庄和高出人间的事物

仿佛世界的最初

我唱起赞歌,如新生

在时间的窄门里

我厌恶活着的自己,我迷恋活着的你们

冬至

这一天,不言世事,昼夜平分天下
我们包牛肉萝卜馅的饺子
这一天,身为百姓,不说百姓苦
阳光照耀着静穆的乡下

唯有母亲,用苍老之身,操持节日的喜庆
唯有父亲,一生的沉默,被小孙子的笑声化解

我活在古老的年代,写无用诗,做无用人
等了千年的雪,酩酊大醉,忘了还人间一个清白身

爱

我们都是站在悬崖边上的人
危险不言而喻
我们目睹着死亡,没有人不恐惧
所有的遗言,简单,短小,明了
没有人不流泪,为这最后的爱

我们因为爱的结晶,而来到这世上
我们因为爱的遗憾,而离开这世界
这一生,为什么而活

我只是在每一个白天,因为忏悔而抑郁
我只是在每一个黑夜,因为反思而失眠
死亡,还不敢想

我还没有爱和遗言

大风歌

一个人走在大风里,大风没有来路
一个人走在大风里,大风没有归途

大风刮过万物。大风
以万物为乐器,奏出雷霆之歌

只有田里的白色薄膜,轻浮而无用
它们挂满树冠,如祭春的大旗

一个人走在大风里,一个人生出平常心
对于未知之事,谁能不接受命运说

蛙鸣

在一次聊天中

我们谈起蛙鸣

一群曾经的乡下少年。我们

想念那些年的蛙鸣

而此刻,在回家的小路上

暴雨过后的夜晚,蛙鸣此起彼伏——

我想告诉你们

我确定——

听到了蛙鸣。星空下

我听到的蛙鸣和少年时的一样

我省略了失业

我咽下了在喉间翻滚的苦水

仿佛所有的蛙鸣

都用来欢迎一个归来的少年

我只想告诉你们——

这片被我嫌弃的土地再次收留了我

它动用了所有蛙鸣

像是暴雨过后的悲歌

蝉声

我再也听不到蝉声了——

人到中年,第一次有如此怪异的感觉
那些蝉声哪里去了?
乡村,已少有走动的年青人
他们去了遥远的地方

我的父母还在,我的叔辈还在
我的爷爷奶奶,再也走不动了
他们已经和土地融为一体了
那些长出的野草,比别处更加茂盛

唯有蝉声再也听不见了,这死一般的沉寂
我长久地失眠,努力平复忐忑之心
只有一些犬吠,在午夜之后传来
像是有故人深夜归来

稗子

单纯用文字描述一棵稗子

多半是失败的

在那些缺吃少穿的年月里

稗子不同于庄稼,

只要老天下几滴雨,它们就能活命

我无法说出那个年代,人的食物是什么

而稗子是牛羊最好的饲料

它长一茬,被割一茬

说它喂饱了牛羊,不如说它救活了饥饿的父辈

那时,它还不是被嫌弃的野草

人们挨过了饥饿的年月,土地要精耕细作

除草剂开始兴起。稗子被连根铲除

它无数次在镰刀下逃过的茎秆终于倒下

而我对稗子的记忆却日渐加深

每一次走在田埂上

总会有一两棵探出头来

那么纤细,面黄肌瘦

如同我和我的兄弟,这些年走在城里的影子

我们同命相怜又相互嫌弃

我只能一再提醒自己

稗子是稗子,稻子是稻子

在菜园

铁锹翻动着泥土,一些旧生命就要结束
母亲抓着一把菠菜种子,雨后的阳光格外亲切

白露过后,万物数着日子过
潜伏下的种子,要等到下一年破土而出

母亲想得多么长远,早早准备着明年的蔬菜
而我还不能预测明天会发生什么

周围,野草漫过了膝盖
在我看不见的地下,所有的根须都准备过冬

这个下午,我看到了结束和开始
我的母亲,只叹了一口气

夕阳照耀着山冈,落日离我们最近
接下来的黑夜,我们会说起另外一些植物

起风了

起风了
挂在枝头的风最大
摆动的树枝制造的响声,代替了雨声
在山谷中呼啸

雾消失了
庄稼地里,挺拔的玉米集体晃动
多日雨水,根须也托不住身体
再吹一会,也许就倒伏了

屋顶上,青苔疯长
站在屋脊十年的白瓷鸽,少了一只
它被风吹落了——
像是被猎枪击中,躺在瓦片中间

悲伤开始弥漫,这无命之物也要分离
我想爬上屋顶,扶起它
像扶起那些在尘世里分散的苦命人

雀舌

我的惊讶在于：嫩芽如此完整
像婴儿初来到人世

对于完整的东西，我深怀敬意
它们，是世间仅存的美好

几片叶子，在水中沉浮
我能给它的江山，也只是屋檐下的几滴水

在土地上奔跑的人，大口喝茶
细碎的光阴背后，也抓不住一杯明前的韵味

如果说辜负，姓氏被丢是一种
仿佛一个人的前生，不复存在

现在，我在胡弦的一首诗里
捞出了今生的香气

像是一个包裹，历经了千山万水，依然从南到北

把一棵古茶树，送到了旧址

向日葵

我曾在秋日的一个下午

爬上一个小山包

脚下,是大片被收割后的葵花田

向下望去,土地空荡但并非空无一物

那些被砍去头颅的葵花秆子,光秃秃的

依然排列整齐,保持着生前的队列

我深知,在被收割的那一瞬

一棵向日葵已经死去

可它们还是没有倒下

接下来的整个冬天

它们都将保持这种姿势

直到干枯,腐朽

天快要黑了

路过一片墓地的时候

突然想到,那些站立的葵花秆子

是不是也是一棵向日葵的墓碑

它们也有过好看的花,黄金一样的色彩

追随太阳的头颅

可谁又能给它们庄重的碑文

等待它们的,无非是春天的一把火

和一个人的死多么像

只留下一块刻满文字的石碑

麦子

记忆的河流里漂浮着碎片

最清晰的,莫过于麦收时节

麦收大过天,太阳刚打在麦穗上的时候

收麦人已经等不及露水退去

镰刀,利刃中藏着光芒

一个人跟着一个人,排列成队

在密不透风的麦田里,蜷成一团

一趟重复着一趟。直到月光洒满大地

他们才踏着月色回家

码放,拉运,打场

等麦子变成雪白的馒头,已是落雪的冬天了

现在,窗外的农田找不到一棵麦子

只有大片的玉米日夜生长

再也没有麦子了

一个时代结束了——

我两岁的侄儿,从城里回来

只能看着绿油油的、单一的玉米

风一吹，就涌动不止的
金黄的麦浪，已如同梦境
他再也看不到了

绿皮火车

落日无尽,只是一种想象

夜的大网准备就绪

出远门的人,快速通过二号检票口

这是唯一的一趟绿皮火车

他的随身行李很少,几件换洗衣服、一本旧诗集

站台上挥手作别的人不多

他没有回头,身后已没有路

未曾谋面的故人站在阳台,站在

城市巨大的灯火里

车窗外已是夜的深渊

他在完成一生中最后一次冒险

不再计较光阴似箭

当隧道里的灯火照亮整节车厢的时候

他误以为天已亮

此时,距出发地才几十公里

更多的黑暗还在等着他。而他的女人

整夜都不会拉灭灯

仿佛，她是他全部的光明

只有绿皮火车，从不介意这人间微小的事物

走走停停，停停走走

它用稀有的慢，纠正着时代的

错误

逃

人世薄凉，我们各自行走
更多的时候，你抬头看天
一架小小的飞机在庄稼地上空盘旋
我弯腰寻找玉米地里生长茂盛的野草

我们用不同的方式去维护一种植物的生长
而去除尽另一种植物
这并不是谈论的重点，长久以来
人们习惯了丛林规则

就像我们同样容不下另一个人靠近
生活里那些小小的失误
被一再提起，乐此不疲
以此来强调彼此的重要性

但我们隐藏了舌尖上，小小的喜欢，以及爱
把逃离当成了唯一的游戏

动荡成了幽居在伤口上的花朵

不知道还要练习多少次

我们才会紧紧抱在一起

在这薄凉的人世,毫无顾忌

我们不说喜欢,也不说爱

只是,紧紧抱在一起

余日无尽

黄昏来临

制造的阴影遮天蔽日

藏于腹腔内的隐形装置启动

这一切,非神明喻示

但又如此真切

没有悲愤漫过头顶

虚无有更多的可触摸性

时间的轮子从来不会停止

搭在轮子上的世事不会停止

我能做的是什么呢

求助是日落前乌鸦在歌唱

大地平静,吹过的风只是刮起小街道的尘埃

而路人一如既往地和暮色牵手

我需要赞美

庆祝村庄里有走动的人影

它们是我的少年、中年和余日

我需要炊烟托起众生

包括一只普通的麻雀

我也需要活着，余日无尽

用平生最大的力气，看父母老去

我还需要拢住暖阳

让白菜、辣椒、西红柿

能活到秋天

让这小小的村庄，有神的光芒

和夜里传来的几声犬吠

栀子花开

一朵栀子花安静地
躺在手机里。它有白云的白,棉花的白
和其他白不一样的白

它是南方朋友拍下众多栀子花中的一朵
她走在上班路上,整个长街的绿化带里
栀子花开得正旺

她要给一个乡野之人普及栀子花开的美好
那么干净,那么纯粹的白
是她用得最多的形容词

她说整个长街都散发着栀子花的香气
可惜,不能用手机给你传过来
而我只是笑了笑

其实,我想对她说,这世界上

我们不能不相信爱情,但背叛还是无处不在
谁抛弃了整朵的玫瑰

就像,我们生来善良,爱好和平
战火还是在地球的某个角落燃烧不止
而我们依然放飞了无数和平鸽

现在,我相信我闻到了栀子花香
我并不打算告诉任何人,也不打算动用
有限的词语

念

旧火续上新煤,炉火驱赶寒意

一个昏昏欲睡之人,用冷水洗脸

腊八没有粥,年味开始弥漫

有人欢喜,有人新愁覆盖着旧愁

我介于两者之间

拿笔之手,在黑夜寻找星光

写下的信,一封接一封

仿若积攒下的旧疾,集体暴动

思念逆势生长,白纸上的黑字

如麦芒,穿透心肺

念,被无限放大

从前的旧地址查无此人

唯有送信的乌鸦还在投石,问路

月之后

天气阴沉,昨夜
和现在一样的天气,亿万人在捞月
谁捞起圆月,谁就拥有了圆满

所有的月亮都在屏幕里发光
我怀揣了全部黑暗,没有悲伤可言
我也有过最皎洁的月亮

午夜的钟声结束了狂欢,我推开门
惊异地发现,天突然就晴了
圆月挂在屋顶,有孤独的美

唯有草木是醒着的信使,露水是草木的眼睛
月光照着草木,照着露珠
也照着一个深夜醒着的人的眸子

只一会,云层再次压低,月亮被锁入深闺

仿佛这广阔的大地,也需要来自遥远的慰藉

仿佛我们活在人间,从来没有失去过希望

捞月亮

今夜,我们都是捞月亮的人
此地和彼地,家乡和异乡
谁在月落之后,醉卧街头,谁就丢失了故乡
谁在黑暗之中,久久不能入睡,谁就失去了圆满

我无月可捞,却要行走在月亮之上
仿佛只是为看见嫦娥、玉兔——
仿佛给自己画下了一张大饼
我就会倾尽一生,而——
画饼充饥

制造火车

一早上我都在抽烟
所有的烟屁股,横七竖八,躺在地上
如果排列整齐,多像一列在群山里奔跑的火车
吐出的烟雾,则是火车的旧疾

现在,就差汽笛声响起
它在昨夜无端消失,让一个失眠人更加失眠
山的那边,不停歇的运煤车去了哪里
仿佛漫长的午夜少了一根肋骨

我们习惯于这庸常的日子,任何少和多的事物
都会让人心生恐惧——
那个开火车的司机去了哪里

现在,我终于制造好了火车
时光在寂静中沦陷,寂静垒着寂静
我等着汽笛声,我要让一列火车
——从昨夜出发

邮筒

大街上

已不见公用电话亭、书报亭

顺着目光,我看见一个穿戴整齐的年轻人

站在锈迹斑斑的邮筒前

仿佛在祈祷,把一封崭新的书信

塞了进去

然后,快速地消失在人群中

那一刻,我有想拉住他的冲动

我有打开邮筒查看的愿望

而那些陈年的铁锈,在阳光的照耀下

突然,冲我,眨了眨眼

大面积的忧伤

我有大面积的孤独和忧伤
我有一早上散漫的时间可以浪费

在白纸上种下黑字,虚构的长河流着忧伤的水
窗外山河空荡,等着故人归来填充其间

如果这些还不够,我会添加沉默的草木
万物听起来很大,谁又能抓取其中的一样呢

只有雪,仿佛听懂了一个人的请求
在零下二十摄氏度的天气里,一寸一寸把虚无的人
  间推往高处

我看到了一只羊的一生

在乡下,取暖的方式只有一种:在旧火上填新煤块

我的父亲,又多了一种:在旧衣服上套旧衣服

这个垂暮的老人,更多的时间,在羊圈和小屋之间
　缓慢行走

这个种了大半辈子地、放了大半辈子羊的老人

像是要将自己的事业进行到底

我不知道,父亲送走了多少苍离圈的羊群

在这里,更多的羊羔有着相同的命运

在这里,许多老人选择了独居,和羊群为伴

所有的家常话,都说给羊听

仿佛羊是他们人世的子女

在晚年,很多人开始戒杀羊,拒食羊肉

而现在,在父亲的身上,我看到了一只羊的一生

只有一只羊,能替他在尘世里

活得更久

中秋夜

那么多月亮诗,从早上就挂在屏幕上
闲一阵,我就读一首
读哪首,都像是我的月亮
又不像是我的月亮

现在,夜色漆黑,乌云布满天空
我有些慌乱
我也想给自己造一轮圆月
挂在墙上

可屋子这么小
月光也有照不到的地方
那些黑暗,多像 X 光片上
不能解释的部分

秋日

我写下秋日,牛毛细雨又开始下了

多么应景的雨啊

麻雀慌乱地飞来飞去,叽喳声零散

蜘蛛一夜织下挂满露珠的网

等待自投罗网的猎物

一切都像是收获的季节

窗户外,大雾在神的指引下,从山头开始

笼罩山川、河流、庄稼地

屋子后面,一只老羊的咩咩声

仿佛在叫醒一个村庄

仿佛一个垂暮的老人伸了下懒腰

发出的叹息——

秋思

阳光成吨砸向地面,这是我不该使用的比喻
天空瓦蓝,有风吹过,流泪也是美的

玉米林浩荡,随处可见
干枯的叶子里,混杂着绿

老杨树的叶子,突然落下,昨天还不见一片
现在,三五成群,前赴后继——

这不是秋天,阳光那么暖
这是秋天已尽,落叶铺满大地

行走在日历上的人,戴着老式手表
飞过头顶的喜鹊,影子孤绝而断裂

我不是一夜白头的人,秋天也不是
我们心事重重,仿佛离而未别——

素描

我怀念，山坡上牧羊的少年
我怀念，翠绿青草中睡去的牧羊少年

那时候，宝石蓝的天空
有令人心碎的美
空山寂寂，羊群如白云，散落山头
白得那么纯粹

风有翻阅之手，书本充当信使
阳光是另一个读者，一切未知的部分
都不隐藏罪恶

长久的梦境里，谁在耳朵边留言
神仙远遁，飞鸟并没有投下阴影
风打扫着山谷，不留痕迹

现在，少年和羊群，早已离散

从分行中伸出的昔日年少的脸

沾满尘世中的油腻

中年大雨

九月,白露刚刚过去

那些写下白露为霜的人们,在一场大梦里醒来

雨就突然而至——

鸟雀收紧了羽毛。远处的大树

发黄的叶子在坠落

窗外的世界多么小

我担忧的是:土地发胀,再也不吸收多余的水分

没有收割的玉米,枯叶高举着旗,宣告死亡

如果雨再小一点,我会走出去

我也有积攒多日的雨水

中年之后,紧跟着暮年的影子

而现在,万物还有茂盛之相

一只喜鹊,在雨中欢叫

雪江山

所谓江山,必有金戈铁马之声
也必有身披铠甲的勇士,守城或者攻城
一群人踏着另一群人的骨骸
时光的痕迹被推到日落之后,胜利的
大旗才好挂上城头

现在,我轻轻一摁,一个江山将在屏幕上
消失。只剩一个传说

一个村庄是另一个真实的江山,一眼可以望穿
只有秋风紧,再吹一次
白雪将覆盖村庄,只剩下两座屋顶
在大地上探出头

微小火苗散发的光芒,还不能照耀
一个落魄君王最后的形象
风是最后的堡垒,等着卷起万丈雪
阻挡来犯之敌

青苔

雨下一阵,停一阵
打在土坯墙上的雨点,也打在土布瓦上

土墙斑驳,水流像流泪
瓦片腐朽,青苔如新绿

没有人担心屋子会突然垮塌
青苔织下的网,扶正了它在人间的腐朽之躯

枯

大暑过后,雨水重新集结
万物抓住最好的时光
疯狂生长
我们敲一家的门,铜锁不为所动
我们再敲一家的门,大门锈迹斑斑
一只流浪狗
冲着我们摇头摆尾,没有一丝敌意
仿佛,我们是它前世的
亲人

孤独

我能写出的孤独是：在深夜，一个人抽烟，喝酒，发呆
窗外，大地沉静，群星寂寥
远处的灯火，一盏接一盏，熄灭

我不能说出的孤独是：在一首诗里，制造盛大的爱情
仿佛我们是红颜、知己、情人
为了抗衡庸常的生活，留下悬而未决的结局

在以上事物面前，我有热泪盈眶的习惯
依然不配，把孤独摁进自己日渐衰老的体内

第三辑 大地上的事物

玻璃上的睡眠

雨落在大地上,更具体一点

雨落在刚撒向大地的种子上

像语言落在纸上,让人满心欢喜

我疲惫的身子需要一次长久的睡眠

电话里,诉说雨情的声音越来越模糊

我并没有进入梦境深处,反而有更清晰的思维

我需要的睡眠,和清醒的头脑在打架

关于抑郁的另一种解释,如同雨滴打上窗户上

沉沦的深渊,从玻璃中的睡眠

开始……

去邮局

更多的人在朋友圈把自己寄向远方

每一个留下的地名像我在杯子边留下的指纹

那令人眼花缭乱的风景带着我的眼睛在旅行

我更期待行走在路上的一件夹克衫和一件条纹衬衫

在拥堵的道路上比平时慢了很多

每一次快递更新像是旅行的人们在打卡

而我走向邮局,拆开的包裹里

有另一个人的体温和世上独有的情谊

更多的包裹,源源不断地涌向邮局

有没有和我一样的人?手足无措地

站在原地,却无法宣示一件物品的

所有权。无论怎么表达

都是虚假

棉花的香气

无论如何,棉花插进我们密集的聊天中
形成抛弃主题的主题。我能想到的
是白——雪白、纯白,和诗人天真的心
在几千公里外,运回棉花
平静的水洼里波澜四起,我们
冰冷的胸膛开始发烫,那让我们兴奋的
是棉花的松软还是香气?没有人谈起
但春天的田野里明显多了野草之外的
香气,大地沉溺其中
而棉花还在遥远的土地上生长,我收获的
香气将长久地包裹村庄,并没有因为
漫长等待,而选择放弃

柿子记

至今，我都没有目睹过柿子挂在枝头的场景
至今，我都在动用全部想象勾画柿子集体离开枝头
　　的悲凉
我有幸目睹过的，是在小城里
新年过后，无数红灯笼被摘下树枝，堆满马路两旁
仿佛喜庆的味道同时下架，我并没有感到悲凉
在此之前的整个冬天，我一箱箱地运回柿子
它们在寒冷中整齐排列，依然保持着鲜艳的红
我的父母等着它们慢慢消融自身的冰凉
再将所有的甜放进嘴里，一个冬天
柿子的甜填满了窑洞。而现在，这些灯笼
也将集体回到库房，等待下个春节
它们，一个制造生活的甜，一个制造人间的喜庆
我作为局外人，押上了生命中的一截
接受这种结果，而对于其中的
过程，我依然一无所知
像一个孩童初来人世，像柿子和灯笼挂满了
枝头，我们享受着甜和喜庆

废墟

风吹着,风卷着黄土

像电影里古战场的现场

等了很久,并没有马队从中杀出

机器的吼鸣一直持续着

植被被铲除,山脊裸露

草啊,树啊,它们的呼救

比一个人更为弱小

五月的天还不太热,穿梭在工地上的

人们还裹着厚衣服

他们站在大地的裸体上

诅咒着刮来的风

黄土缓缓地覆盖在他们身上

那双眨巴的眼睛,是以上帝的

视角,留在废墟现场的

记录仪

看云

抬头即可看天,推门头顶就是白云

如此常见之物,一直被我忽略

如同忽略生命中最亲最爱的

人一样。朋友圈里

热衷于把高清摄像头对准天上的

人,那么多

云开始有了颜色,形状

在某些时候,有了深奥的

寓意。而我一直举不起手中的老人机

仿佛,它的像素对不起天上的事物

和我越来越不敢在一首诗里,提起

父亲、母亲和那些亲人一样

让撕心裂肺的痛,留在心里

多么好。让一朵天上的云

留在天上,多么好

耳鸣

巨大的声响,耳边回荡

不是打桩机沉重的桩锤落下时房子在晃动

也不是风吹过屋顶。像一个人

对着死亡到来的哭泣

是众神在上,细小的余音声声入耳

——塞住耳朵

蒙上眼睛

忽略斗转星移

安宁是一种对抗

刺猬

脱去衣服,周身光滑

刺在胸腔中挣扎

这并没有血淋淋的现场

我在黑夜写字

我笑,我哭

那无人在场的情景,像

刺猬在草丛中

天敌还未抵达

猎户座

出于对文明的尊重,我相信,我看到了猎户座
但真的没有。它们如此相像
我的眼睛也比不了天文望远镜
地球上,无数人追捕它,并准确为它画像
就像记载在历史书本上的人物
我相信书本,相信每一个文字
也相信猎户座经卷般的传说
但我还是决定放弃意义,忘记手指划向头顶的动作

陌生海岸

海滩、少女、泳衣和雪白的皮肤。沙粒举着椅子

蓝色被单是广阔的底色

海浪在镜头里失踪

这里没有国界。地球的某一处

我不能说这不是海岸,我不能说

我遇到你,是在梦境里

树在什么时候需要眼睛

半截树根从黄土崖上伸出,伤口比新挖的黄土新鲜
它的直径和拇指差不多,挖掘机离去,人群离去
半截裸露的树根孤零零的,第一滴水从伤口中流出
然后是第二滴……
风干的黄土重新湿润,但它滴得如此沉重
仿佛一个人的哭泣
也许还不够悲伤,崖顶上的老白杨依然活着
那是雷电过后剩下的一半躯干,不知道它
眼睛里,是否有水的清澈
是否会枯竭而死
宏大的时间序列里,这并不值得一提
但我分明看见老树睁开眼睛,像我逝去的曾祖父
快要走下山崖,那眼神
一模一样

矿场回来的人

车子飞快,在矿场通往小城的
公路上驰行。我们谁都没有说话
他忙着打电话,像是在联系一个夜间聚会
年轻的脸上满是喜悦。我接过他递来的
烟,狭小空间里
我们共同经历着人生的一个片段
车子好像又快了一点
最后一根烟燃尽
小城中已灯火阑珊
行道树摇动着叶子
像是在努力辨认什么,我还
没有完全看清,它们在车窗外一闪而逝
仿佛什么也没有发生

问候

手机的呼吸灯在寂静里闪烁,提醒着微信有新消息
我讨厌"还好吗?"
我多想看到省略复杂过程直达事物核心的
语句。但事与愿违,这首诗还没有开头
就已经结束!而我还没有想好
——怎么回答你的问候

私人心愿

我已毫无悬念地在人世活过卑微的半生
我的心愿也当小如在明晃晃的太阳下
那根老奶奶捻着要穿过针眼的缝衣线
它们依此是:大地、村庄、庄稼和牛羊
最后那个结才是诗歌
愿年已耄耋的父母坚强地活着,大地继续给我想象
庄稼丰收,填饱肚子
牛羊换取小奢侈品,诗歌最是无用之物
用来收尾,照亮最后的黑暗部分

我正在掌握可塑形的日子

雪、冻雨、大风……
春天被颠覆。脱下的棉衣
重新套在身上。蜷缩在火炉边的
人们,昏昏欲睡
而一个清晰的声音在提醒我
流逝的时光如同失去的
爱人一样不可挽回。街市上
车流汹涌。桃花缤纷而落
但我还有勇气提笔
给一首诗续上兵荒马乱的结尾

竹林七贤,兼致篷诗友

我喜欢这样的时刻,古书上的那些描述

可以省略酒,省略竹林,省略刻意制造的诗情画意

一群人,不谈诗,把少年的理想晾在月光下

山风缓慢,人世从容

虚无的火焰在骨头上燃烧,我们话尽人散

文字有雪的光芒,它能保持多久,我们就会活多久

一颗土豆

在黑暗中成长,泥土接纳伤口也负责治愈伤口

事物有时庸长,有时短暂

土豆开花,土豆结果

光明只是一瞬,仿佛一个郁郁寡欢的诗人

死后被正名。土豆走进地窖

那些散发着人性的诗歌,被我们在黑夜里

一次一次翻阅……

大地上的事物

我们在大地上修建公路、桥梁,以便快速移动
我们在大地上筑巢垒窝,从洞穴进化到高楼
我们饭后有了谈资,把一座楼从一个地方背到另一个地方
穷尽一生,打造黄金的铠甲
那些种植麦子、水稻、玉米和蔬菜的老人
——大地的主人
在城市的楼宇间,那么慌张
仿佛丢失了一生的财产……

清晨的卜辞

无数张嘴在清晨张开,无数张嘴没有抗议之声
它们用咩咩声,拉开一个热气腾腾的早晨
我抛弃文字上的仪式感,我需要食物去填饱饥饿的胃
挂在青草上的露珠全体集结,珍珠一样的日子
那时候,盛大的卜辞正在发生
我摁住钟表的指针,在大地上奔跑,仿佛一个罪人

墓碑

祖先的骨头在红布上摆好,依然保持着人的形状
我知道,更小的骨骼已经丢失,无处可寻
挖掘机放下第一铲土,一个新的坟墓将诞生
而为子孙的我,满眼含泪,为生的虚无和死的久远
若干年后的墓碑,我将深藏于心:"生前没有站直,
　　死后的骨头不会长久
请忘记他的名字,也要忘记他一生所做的
微小之恶。"

草木经

刚接受雨水的润泽,又接受雪的欺凌,风鞭子一样
　　地抽打
这是春天,人们歌颂草木的新生
我把熄灭的火炉重新点燃,暗红的桃花在白雪中就
　　要盛开
无数次事故中的事故,寒冷像是另一种罪恶
它用自然之法,让花在花蕊之中死亡,让发芽的草
　　推迟了发芽的时间
让一个人轻易相信了暮色,再一次为自己找到借口

从铁开始

铁开始生锈,仿佛老年斑爬上一个人的身体
英雄迟暮的词语,并不适合用在铁上
铁有回炉再造的功能,一块废铁也有重新做铁的本钱
而一个人,不能和铁比
那些白骨,深埋地下,接受着后人的追思
而我想从铁开始,将骨头丢于火中,总有一缕火
是诗生出翅膀,是微小的思想在成为灰烬之前
仅有的光芒

短歌

仿佛为了省略那冗长话语中多余的赘肉
仿佛为了在沉默时空中坚持沉默
我脱下肉身的保护层,等待从远处射来的箭
如果它正中心脏,它就是我要找的杀手

街头小憩

百货广场的空地上,阳光的毒舌吻着斑驳的木椅面
手摸上去,热烘烘的
我的左边和右边是几个无所事事的老年人
我点燃烟,目光追着街上经过的人流
这种愉悦转瞬即逝,荆棘从椅子上生长
仿佛在提醒我:快点离开,追上行色匆匆的人群
这提醒让人绝望,让我不得不起身
像雨点跌落在雨水中,我被人流吞噬

出生地

收拾田地里去年遗留的玉米的残枝和落下的叶子
揭开覆盖其上的塑料薄膜,劳作缓慢,时间飞快
——等一切结束
我又看到一个崭新春天,土地新鲜
而山坡上,牛羊不见,衰草半腰深
桃花开始盛开,杏花已经怒放
我还没有为每一块土地安顿好种子
在别与留之间徘徊的人,向衰老靠近
而房子比人更老,烟火熏黑到无法辨认
催促人们快快离开,我依然不舍这旧事物
仿佛生于斯死于斯是一种完美,但体内的钟声不断
细雨从头顶落下,像是上天发出的挽留

冬天

靠近炉火,意味着更接近温暖

我是这样做的,在漫长而单调的冬天

我感谢这来自地心的黑金,但讨厌也日益明显

我的手上,我的衣服,房子的墙壁

和手中的这本书,都沾满了黑色

热爱在炉火边流失,那些来自遥远地方的

书籍,面目开始苍老,仿佛它们已经来了一个世纪

冬天在缓慢度过,我无所事事

在书中浪费着活着的本钱

时间旅行者

大雨停歇,鸟儿重回枝头

头顶积满的乌云被忽略,我拒绝虚假的抒情

钟表不再敲响,跳动的数字像咒语

我在寂静中打坐,河流在体内暴涨

这是旅行前的静默,一个人把解开的绳索

又重新打结。健忘症患者检查着随身日用品

时间的刀锋划过白昼的表面,谁将倒下

谁就不再是时间的旅行者。我还有无数供词

在生的路上。而刀的利刃

已失去了耐心。那被乌云释放的太阳

正慈眉善目地送来光,忍住泪水

我就要跨过长长的田埂,让一把麦子在手心发芽

我躲避,我逃跑,像尘世的旅行者

要躲过人世致命的一击

森林与苔藓

院落破旧,窑洞在悬崖上

张着大嘴,老房子只剩下土墙

那些木质的大梁,椽檩都被后来人运走

如果在一个晴好的天气,驶进一辆车

不要惊讶,那是从城里来的

摄影师,他们看惯了街道和高楼

人工栽培的花草树木

他们的镜头对准将要消失

和曾经被毁灭性伤害的

大山深处,我看见一片老瓦上

苔藓密密麻麻,在有限的面积内

自成王国。而周围,荒草萋萋

栽植的树木,长势喜人

如果

再晚一点,将找不到人活动过的痕迹

自画像

喜抽烟,戒酒如同戒掉
少年时的凌云壮志。喝茶
和写诗一样,无非是给味蕾
和生活增加一种味道

至今,无好诗
至今,不识好茶

好友清晨发来信息要我证实
我的初小学历。但
年代久远的毕业证丢失,我
无法证明我认识汉字

突然羞愧,像在这世上
我不配写诗

沉默

冬天，到处是铁青色的脸
包括：旧雪，结冰的地面，屋前的老杨树
村庄里常见的这些事物
集体用相似的颜色
只有在更大的风声里，才能听见神在哭泣
更多的时候，是安静，是沉默
是一个远去年代里，活着的众生

猫头鹰

长夜。在冬日，尤为突出

晚睡的人，走出屋子，繁星灿烂到不可描述

寒冷考验着万物，月光在几声犬吠中晃荡

运煤的火车不打瞌睡，保持着鸣笛的习惯

在这之后，是寂静，无边无际

突兀的吼声回荡山林，像狼要下山，像猫头鹰在林
  子里乱窜

对于前者，我已锁好羊圈

如果是后者，我要回到明亮的灯火中，等着预言的

到来……

灰烬

我也想拥有这样的时刻

阳光打在玻璃窗上,我坐在光中

寒冷被炉火抵消,我在书中寻找光明

万物各安其身,各有天命

我和古人对话,在虔诚中挑出诗的骨头

写作是他们一生的宿命

而我还没有那么崇高的理想

生活的马车,让我不能拿写作当职业

他们死了,没有化为灰烬

而我在他们留下的骨头中

寻找着就要化为灰烬的、属于我的

命运学

黑暗

我陷在一本黑色封面的书中

阅读着一个人的一生

这是她乐意留给世界的

也是留给我的或者你的

世纪的浓雾,被一支笔划开

事物的本质逐渐清晰

她真诚地向我诠释着诗该怎样呈现

时代的风貌。这里没有谁

寻找的真相……

冰面

大雪过后,给摩托车轮子缠上绳子

(有防滑功能)是很多年前的事

那时,我们年轻,有热血、理想和激情

梦中也不会遭遇"死亡"一词

现在,走在光滑的路上

谨慎,小心,更不要说骑摩托出行

少年的那些棱角,被时光的磨光机

一点点磨平,不知所终

就像这首诗,我战战兢兢

怎么也不敢把它发给别人阅读

万事万物,总有相似之处

而我们该怎样才能走完这仰视的

一生,在无数个冰面上

第四辑

无限爱

九月

九月,河山秀美

草木加深了葱茏之美

深爱着大地的,不只是我

还有雨水——

每一次清洗,都是一次爱怜的过程

蓝天更蓝,碧水更绿

远山,有清水出芙蓉之相

行走在雨后的人世

那些飘浮在空中的尘埃

已经找不到了

我换好了新衣,把粗糙的脸

又洗了一次。我想告诉你们

万物如新,我已做好了准备

把没有爱过的人

再爱一次

住在冬天的影子里

雪下了三天三夜,照片里
阳光照着村庄,村庄躺在雪里
有陡峭的美

更多你没有看见的雪,被架子车、簸箕、背篼
填进了水窖、水缸,和傍晚
就要做饭的大锅里

这些来自照片背后少年的记忆,还没有老去
古老的记载被人顺手翻出,仿佛
故乡的伤疤被重新撕开

一个人有贩卖苦难之嫌
一个住在冬天的影子就有无限拉长的
可能

我们将各自散去,大地突然倾斜

忽略在雨水里发霉的文字

而雨水奢侈。我只能送你们空气

这一刻,我没有流泪的冲动

阳光照在雪上,有耀目的

白

在春天，怀念一些旧事物

大雪未化，小雪将至

晴天稀有，阳光珍贵

小鸟要与光同尘，飞来飞去

每一声鸣叫都有欢喜之意

开门，推窗

让有光的地方都有光

尘埃在光线里跳舞

多余的，被攥在手心

不执笔，不写诗

不翻动书页，让白包围黑

旧事都在书里，而春天

是全新的

让思念在心里发酵

有些花，生来不结果子

窗前飞过的麻雀,迟迟不肯离去

它在寻找什么

积雪下的枯枝、落叶

正在加速腐化。新草就要

顶到旧雪了

元宵

在被大雪覆盖的村庄

我并不是最后醒来的人。雨水先于我到达

元宵先于我到达。更早的大雪

先于以上,占领河山

那遥远的、我并不知晓的朋友

已经拉开了节日的祝福。在细碎的时间间隙

我更在意雨水,一个节气

预告着春耕的到来

狂欢的泡沫里,大雪收纳了悲伤

也忽略了生活的细节。仿佛这一刻

世间万物,都有美好之意

诸多善良,集中爆发

在祝福声中,阳光均匀地涂抹着白雪的

一些阴影部分,有老树、村庄和飞鸟

我张开嘴,让阳光清理积攒的暗疾

一些祝福,被带上了天空

飞鸟

如果你有幸在一场大雪里拉开窗帘
更为幸福的,这是一场春天里的大雪

如果你久久站在大雪里,这不是天堂
这是天堂里没有的美景

村庄、老树、飞鸟,和一个可以被忽略的人
但请不要忽略一只缓缓飞翔的鸟儿

它那么慢,在浩荡的白里如此明显
它不是在欣赏旷古的雪景,它低声哀鸣

万物被覆盖,包括一只鸟儿的食物
群山被遮掩,包括一只鸟儿的落脚地

整整一个冬天,我也如这只飞鸟
觅食,寻落脚地,希望活过冬天

而我没有翅膀，而它拥有整个天空

现在，我们在一场雪里相遇

我活过了冬天，它在春雪里哀鸣

这只是短暂的一瞬。它已飞出了我的视线

这尘世，这人间，我们再也不可能相遇

我留有一声鸟鸣，它用翅膀拖走了一场大雪

钟声

喜欢简约的事物
如同我喜欢挂在墙上黑白双色的钟表
大大小小的齿轮在看不见的
背面,不知疲倦地转动

辞旧才能迎新,钟表的嘀嗒声一如往常
旧时光里的人,怎能摆脱这单调又沉重的敲打声
每一圈过后,是新的数字
每一个新的数字过后,是崭新的一天

窗外风声如常,比风声更紧的,是钟声
谁也不能说出,这人间,有多少钟声
谁也无法喊出,尘世里
有多少被钟声驱赶而行的俗人

此时,黑夜寂静,草木睡去
唯有单调的钟声,不知疲倦

它们,好像在练习一种声音

要在年末岁初,喊出"新年快乐"

木梳

还有三天,就是情人节
我在镜子前,寻找新年里生成的白发
举起的木梳,缓缓落下

很多年前,一个小男孩和一个小女孩
在白杨树下,用一把缺齿的木梳
相互梳理着草窝般的头发

以后的以后,男孩一直举着木梳
仿佛守着年少的盟约。白杨树慢慢苍老,只是
树下再没有草窝般头发的姑娘经过

只有一把旧木梳替他收拾着旧山河
再多的兵荒马乱
都不能惊动一颗中年之心

现在,我又该拿什么送给你:曾经的爱人

我能寄给你木梳，寄给你一颗陈旧的民国之心
而旧地址早已杂草丛生，门牌模糊

原路返回的，不仅是一把木梳
还有，一个老去的时代

祝酒词

戊戌年只剩个尾巴了,在太阳被群山吞没之前
我再次清点酒瓶。一瓶敬先人
不管生前喝不喝酒,有些真相已无从考证
此刻,酒是思念,亦是我能给予的最深的哀悼

一瓶和父亲同饮,我们都是不善饮酒之人
但总有些感慨,需要借助酒精才能说个干净
下一年,新愁再续,旧事需忘记

余下的,招待来客。亲戚和朋友
熟悉人和陌生人,当一同礼待
酒是最好的抒情物,三杯之后

火车跑到星星上,前程和肥皂泡一样美丽
真理可以推翻重来,胃口和欲望同样深不可测
对无辜的鸡鸭鱼鹅,没有道歉之意

活在俗世里的人,只会在太阳下忏悔

今夜,我们不是罪人

每一个酒杯里,都装着清澈的灵魂

在五湖四海,回荡着两个字

——干杯

呐喊的形状

谁有撕毁一幅画布的冲动
谁就有把热血洒满天空的愿望

瞧!隔着一个世纪,我看到孤独在
飘荡。呐喊有冲开了时间牢笼的危险

在星空下,我一次次模拟呐喊的形状
我看见,我的呐喊

在风声中,一次次被山谷弹回。而
人间,那么大

我终于相信,天下太平
我还是无法让蒙克的《呐喊》,走下画布

意外

无数次写下这样的句子：大雪正在来的路上……
现在，是无数次中的一次

在炉火上续新煤，置浓茶
如果可以，还要手捧一本喜欢的诗集，点燃一根劣质
　的香烟……

一场雪和一场雪是不同的，我想找出其中的蛛丝马迹
如同一场爱情和一场爱情截然不同，甚至于背道而驰

雪突然半道折返，阳光突然重新照耀人间
而我还在原地等待
这时，光明是一种意外，被拒绝是另一种意外
雪落在没有准备的地方，也是一种意外
像是神的恩赐

大雪

原野因庄稼收割而赤裸,而辽阔
大地因草木死去而手足无措,像垂暮的老人

大雪从日历上走下来,人间风紧,气温骤降
神在天上,密谋无果,雪花还在星空外

树木光秃,有铁青色的脸,随风摇晃
无辜的是草木,是落叶,死无葬身之地

再刮一阵风,人间就干净了,干净得让人无法目睹
低头赶路的人,仿佛有负罪之心,仿佛有掩盖真相
之嫌

只有一片飘来的雪花,有拯救万物的品质,让孩子
的欢笑声响起
唯有一场大雪,是济世的良药,任何恶,都会被洗白

幸福的样子

翻开通讯录,你的名字静静地躺着

在新年,有蒙尘之嫌

我发出的问候,原路返回

我准备好的新年贺词,生生被咽了下去

我写下的每一首诗

还能读出一个真实存在的影子

为爱,我们无数次练习

指尖敲出的不只文字,还有盟约

而现在,在鞭炮声声的新年里

已灰飞烟灭。我轻轻地点击一下

如同我打字的手势,一个名字在新年里彻底消失

天突然就黑了下来

我看了看夜空里绚烂的烟花

此刻,它们掩盖了星星的光芒

我拉下窗帘,我相信

在一首诗的结尾处,烟花终将冷却

星星亘古照耀尘世,我们

终将得到幸福

母亲节

比天亮来得更早的
是"母亲节快乐!"和一波又一波
在朋友圈重磅袭来的
关于母亲的诗歌
我并没有一一阅读
我知道,每个人心里都住着一个
母亲。她是圣洁的、纯粹的、伟大的、无私的
把所有赞美的词汇都写给母亲
也不足以表达这世上最美的爱
而我依然写不出一句
我的母亲,不识字,没有朋友圈
不懂爱是什么。不知道今天是母亲节
她年已古稀,依然为我做着
每一顿饭。把一颗心给了
这个家。一辈子,也没有学会爱自己
走在去田间的路上,大风吹着好人间
大地之上,干干净净

干干净净。仿佛我对母亲的爱

干净而又空无一物……

无限爱

我听过最多的爱

来自关于妻子,和儿女的

直到今天下午

母亲轻轻的一句话

"直到看不到你了,我就不再唠叨"

那一刻,我被全世界的

悲伤击中。仿佛

我们之间的时间

被瞬间压缩

渡

舅舅去了——

她是母亲唯一的弟弟

享年五十八岁

母亲拒绝了见弟弟最后一面

她在怪

没人送舅舅去大城市的医院

整个早上

她都在电话里和我一遍遍讲述这个事实

我除了安慰,只有安慰

母亲六十三岁

依然在乡下

守着天下草民

唯一的命

——几亩薄田

回家

暮色苍茫,客车才缓缓起动

这是唯一一趟回乡下的客车

日出进城,日落回村

六十多岁的老母亲已经坐过无数次了

这一次,我们一起回家

母亲依然保持着年轻时的笑容

只有等灯光铺满车厢

我才发现,她比白天更苍老了一些

车走走停停,每停一次

总会有几个人消失在夜色里

刚才,他们还谈着疾病、生死

一点悲伤的气息都没有留下

客车再一次起动,我和母亲也将被夜色吞没

第一次发现,乡下的夜真黑

而我的母亲,这么多下车的人

没有一个人走丢,更没有什么意外发生……

仿佛,走在回家的路上

我们都有被神灵庇护的可能

仿佛,走在回家的路上

每一个人都自带灯盏

存在

天就要黑了
我放下锄头,坐在田埂上
点燃了一根烟,夕阳就要落尽

朋友圈里,有人发起了众筹,这次
是一个熟悉又不熟悉的诗友——一个孩子的母亲
每天,都有这样的消息……

一个无助的母亲,在病房里用最后的勇气
发着关于儿子的求救信息。我捐了微信里仅有的零钱
相对于天价医疗费,这又能干什么?

暮色苍茫,黑就要笼罩村庄了
母亲的呼喊声隔着老远缓缓传来
我才慌忙从另一个母亲的悲伤里回过神来

应了一声,又应了一声

天完全黑了。空阔的田地里
黑吞没了所有，包括我

大门口的灯光下，母亲还在张望
我要走快一点，再快一点
只有在这个小小院子里

我是母亲的儿子，是一个母亲的全部
在如此黑的夜里，我是存在的——

人间

诗人说：人间是个大词
能不用就不用

我便写草，写树
也写花，写自己破旧的
乡村
和它的边边角角
写完了这些
就写人
大爷大妈
也写父母

这些年
每遇到人间
我总是绕过去
哪怕
写一写死亡

也行

人间
真是个会破坏诗意的
大词
我深信不疑

纸上嘶鸣的马

在这里,我省略月光

省略草原,甚至,省略人间的颜色

黑白的世界,你是唯一的马

我是观赏者,或者偷窥者

我不能说出你的前世,只能确定你的姿势

你扬蹄,鬃毛直立

一声声嘶鸣,击穿我的耳膜

就像,这么多年

我所有的沉默,被你喊出

光影下的女子

午夜十一点了。睡的人已经睡去
醒着的人,如我一样
喧嚣声和灯光,都在远方

轻触屏幕,我看你们
你们也看我。不同的是,我是,夜的影子
你们,是光影下的女子

不敢爱的人,喜欢黑白之间
回眸,直视。和世间所有表情吻合
可我还是找不到,墨镜下寒光闪闪的目光

回到民国,你们是人间的佳丽
尤物,是一个不能经常出现的词
就如若隐若现的乳房,都是天机

抽烟的是你。饮酒的是你。只是
我试了很久,还是无法把那朵红玫瑰
当成,我送给你的礼物

我的手,已经无数次点击了你
黑夜,已覆盖了人间

十行

为什么十行

并没有什么玄机

我的村庄,已近暮年

不适合赞美,不适合遗忘

我的半生,穷困潦倒

不适合示人,对世界要有美好之心

我的爱人,已去了远方

对一个人念念不忘,如同卑微上加霜

我的诗,充满了绝望

在十行之内,适合画上句号

前度

绿皮火车迎着落日
缓缓起动
站台外的山坡,牛羊下山
晚归的农人,扛着锄头
有慈祥的脸
而你就要离开,黑夜就要
来临
很多时候,我们常常陷入
这样的场景
呵,远行的人儿
不要悲伤
我已为甜蜜的重逢
做好了准备

春水流

这里没有流水

最早的雨水已经消散

支撑一个春天的,是桃花,是杏花

满山满坡。枯草才醒

还不能碧草连天

而你不在,整个大山都是空的

顶着天,连着地

我的小村庄

在荒芜之中,悬空

我等着,春水流

下午

车子一辆接一辆，摆在路边

黑色的，白色的，红色的

我骑着摩托在山路上飞驰

我要取回：烟、日用品和快递

此刻，我若不问

这么多来历不明的人，相聚

只是相聚

此刻，我若是问了，一个死去的

陌生人，并不能让我流下眼泪

只有绑在车轮上逝去的

光阴，让人心生伤悲

仿佛，白发一夜生出

落日，瞬间下沉

乌鸦也可以是神圣的

一群乌鸦飞起,落下
一群乌鸦落下,飞起

它们的脚下,是荒芜一片的春天
它们的脚下,是我爷爷躺了几十年的坟头

我只是看着,没有靠近它们一点点
这不祥之物,竟敢聚众造反

直到它们走得一干二净,我才发现
太阳如此火辣,直视人间

我冰寒的体内,有一只豹子
蠢蠢欲动——

简介

某刊,我的简介如下:

曹兵,七〇后,宁夏彭阳人

多么详细的简介

如果分行

它的长度是我一首诗的四分之一多

可是,不能再短了

至此,我常常勉励自己

下一次,诗写长一点

长到故乡——

最先提到宁夏

然后是西海固,彭阳,交叉

就算到村,关口村

我依然

无法熟悉每一个人,每一座山

一亩田或者一株草

现在,我叫它麦地岔

刚好放下一座老屋

放下简介

也要放下，我和先人的

墓地

时间

我们有仰望星空的习惯

也有忽略微小事物的毛病

现在,我站在浩荡的玉米林前

它们还有未失去的生命

一些叶子的干枯是明显的

从根部以上,最底端的叶子

它们先吸取阳光,让一棵玉米茁壮生长

现在,最先死去

它们承受了最多的雨水,在雨水泛滥的季节

也经历了终日不见阳光的日子

最先成长的最先死去

没有谁能违反生存法则

现在,它们都要集体死去

离开深爱的大地

我作为终结者,并没有负罪感

有那么一会,我为自己还需要长久地活着

而震颤。只是那么一会

这种震颤就过去了

我已经没有时间想更多

那么多玉米等着收割

一个秋天没有几天了——

山河

三十亩良田,也是山河
有多少棵玉米,就有多少守卫疆土的兵

明天起,河山归还大地,士兵撤离城池
渐冷的秋风里,万物缴械投降

走散的庄稼啊!请记住日夜守候的稻草人
厚厚的日历,只剩下最后几页

至此,山河不再,我将是孤家寡人
所有的朝政,放逐给觅食的鸟雀

羊群飞上了天空,三千里旷野,无人收割
我只能拉住其中一棵,喊一声

回家吧!我就是你的家
一个冬天,我们是父子,是兄弟,也是草民

进入一块石头的内部

仿佛有无限可能,神灵庇护是一部分

群山长满了石头,一颗玉在心里发芽
石头有裂纹,玉有瑕疵

这些都是被忽略的部分,都是石头的秘密
对于一个背太阳下山的人,月亮是另一种玉

进入一块石头的内部,等同于进入月亮的身体
月光如水,宝玉有迷人的气息

我无法形容的是草木,那些寄生在石头表面的物
　体。它们同我一样
都是戴罪之身,藏有高贵之心

如果诸神未睡,并允许在人间之外
许一个心愿

那么，我将写下：在无限的可能里
只抓取其中的一颗石头

它将以另一种形式，回到被藏匿的人间
此刻，石头不是石头，玉是石头的全部

我隐匿的赞美，交还给石头
净手焚香的人们，把爱情还给草木

秋日语

黄昏有巨大的光影,晚归的人
被镀上了金身

我想给你留言,在深深的秋日
用廉价的钢笔写下浅浅的诗行

如果查无此人,我将就地掩埋
覆盖厚厚的黄土

来年的春天,你收到的祝福
像留言,也像遗言

河山

红色覆盖过的河山同样覆盖了我的眼睛

玉米地,是微小的。同样微小的,还有村庄

它们,是我的国,祖国的一个分子,或者一个原子

国旗在大地上飘荡,五颗星发出耀眼的光

我坐在田埂上,仿佛这一行行整齐的玉米

就是我的方队,一个个金黄的果实就是一个值得歌
  颂的秋天

我并没有喊出什么,山风吹来

任何的呼喊都过于微弱

远处,收割机的吼叫声有点突兀

我庆幸生于一个伟大的时代

我收紧了羞愧之心,贫穷是一部分

没有走过祖国的大山大水,是更大的一部分

只有在这小小的庄稼地里,我是满足的
播种就有收割,付出就有收获
我的汗水和我一弯再弯的身子,没有第二个人看见

在这个小小村庄,我是幸福的
有山有地,有牛羊有鸡鸭,有花花草草
它们都是我的伙伴、亲人

我可以放牧白云,给天空编一枚草戒指
在桃花树下学古人喝酒,也可以站立山头,和落日肩
   并肩
天空是一面镜子,我有不修边幅的习惯

灯下有天地,可以翻牌,亦可赌命,描述天文者是我
说蝼蚁、草木者也是我!唯独不说自己
乌鸦在理想树上高歌——

词的作用力

一个词从昨天走到今天

一个词如枯草跌落，在大风中飘荡

大风很公平，昨天向南，今天向北

枯草不可能回到原来的位置

一个词就不能诠释最初的本义

人民在硬币上跳舞，照耀大地的

太阳，隐于云层后面

松软的土地重新封冻

这一切，都发生在春天

歌颂者捧上鲜花，有人扔掉火把

我找不到生火取暖的煤块

我捡起在大风里掉落的树枝

投入火炉，像我们的祖先

钻木取火。而古老的绳索早已风化

我忙于修补，还是不能结绳记事

也不能将一个词，从悬崖之下

打捞上来……

第五辑

天将晚

一天

仿佛诸事顺遂,阳光明亮,透过

窗玻璃落在书桌之上

零散物件都有了黄金的铠甲

不允许灰尘留在这美好的一天

当所有物件如同新生

他开始转动地球仪,边界如悬崖

大海怀抱着陆地。擦一下

他都仔细观察,毛巾停留的区域

是不是热点地区

作为资深的地理迷,他了解蓝色星球上

每一个未曾到过的地方

和平区,轻轻擦拭;战争区,尘埃飞扬

需蘸点清水,用力清洗

当所有区域都被擦拭干净

他的耳朵里满是风声、雨声、尖锐的铁器声

但汽车摩擦地面的声音,并没有大过

小孩的啼哭声

他再次抬头时

阳光越发没有顾忌，光柱里

万千尘埃如同万千铁骑在奔跑

仿佛小小屋子里，暗流涌动，雷声瞬间会击穿耳膜

他唯一的武器，只是一条毛巾

一盆浑浊的水

书架上，世界诗集的封面

大人物的额头，一条斑驳的河流

——在等待拦截

哪一个春天不是绝处逢生

穷乡僻壤,没有心怀猛虎之人

他们大部分一生耕种,小部分跳出农门

远走他乡。这里山不像山

川不像川,水来自天上

靠天吃饭的人拿太阳当神

日出而作,日落而息

他们谈论庄稼、牛羊

他们的字典里没有世界、国事

吃饭最大,生儿育女次之

没有人计较生死。信奉天命

也是一种信仰。无路可走时

他们也信道人,信阴阳

信一张纸符会挽回不堪的

一生。一生没有算计,一生把力气当资本

直到一个异乡人被拉回了家

黄土地里又多了一座新坟

一个被忘记的名字又会被记起

被念叨几天。感叹生死之声不绝于耳

他们像是看到了自己的命运。那些貌似思考的

日子,太阳照常升起

一个春天,必然绝处逢生

候鸟飞过天空

对于一只候鸟的认识

来自多年前的

课堂。从南飞到北

从北飞向南。仿佛一只鸟的

命运就是长途跋涉

而我从没有机会近距离接近一只如此辛苦的

鸟。只有玻璃窗外

夜景有虚假的美,霓虹闪烁

散发着诱人的气息。从乡下到城市

从城市再到乡下,我们也有短距离飞翔的

命运。我专注的植物,包括花朵

此时,都远去

我开始怀念一只鸟

想窥探其中秘密。鸟的秘密

也是我的秘密。活着

是一个大概念——

我们变换着栖息地,像活人选择着

死去的墓地。这样的比喻是否合适

我坐在窗边,看灯火慢慢暗去

直到烟盒空空,我将删除我的

比喻……

寻友者不遇

我写过的麻雀还在枝头持续欢叫

麦地岔的天就没有黑

有几声是呼儿唤女,有几声是寻亲问友

我拒绝写下呼叫伴侣的叫声

剩下的,是隐喻,麻雀的事麻雀知道

我是人,麦地岔的人

麦地岔的鸟儿不走夜路

夜里有强盗,也有好色之徒

我多年没有走夜路

路灯白晃晃亮到天亮

在这个拇指般大小的村落

我守着父母,就守住了人世的全部

我少年的朋友,远走他乡

我中年的朋友,尚没有来路

我穿越黑夜,像孤独穿越着寂寞

了无意义

村头的新坟一年比一年多

我那么惊慌,心怯

像是亲人站在路旁,而我又能告诉他们

什么呢?耻辱和羞愧是白天的事情

夜是一个咒语,我当守在屋子

敬重鬼神,读美好书

直到窗外寂静,麻雀踪迹全无

我心里的石头,轻微落地

父亲和羊

父亲老了

我再没有外出

接过父亲养的羊,十只,也许二十只,并不重要

割草,喂羊,和小时候一样

每卖完一次羊

我都把卖羊得来的钱

递给父亲

有那么一刻,父亲眼里

有微弱的喜悦

一切都没有改变,他的羊和以前一样

虽然,一年到头

换过油盐酱醋,父亲依然两手空空

可那一刻的喜悦,多么重要

像活着的全部意义

羊群不多一只,也不少一只

像我一年没有什么收获

而我记住了每一只羔羊离开的

绝望,和咩咩声

为了活着,这无尽头的

贩卖还将继续下去

我和父亲从没有说起这些

父亲活在自己的王国里

他没有想过,我们也是

被贩卖者,只是和那一点点喜悦一样

不那么明显

大风

我和母亲收拾着院子里零散的

东西,用大片的蓝色塑料布

把草垛包裹得严严实实

每个春天,都会重复这样的

事情,在一场大风刮来之前

短暂的平静里,我们忙碌着

直到风开始刮了,我们丢下手中活

关好门窗,在屋子里

静静坐着,等大风过后的

暴雨。那种平静,让人心安

在无数次生活的变故中,我们

练习着未雨绸缪,等命运的

重锤落下时,平静接受

无形之手递来的结果

就算一场大风,也能让我们如临大敌

仿佛微澜生活,一颗小石子激起的

水花,也要严肃对待

是什么,让我们如此谨小慎微?
是大风,还是这毛刺般的生活?

我们信奉世上有无形之手

远山斑驳,昨日残雪像大地的老年斑
薄阳照在雪上,有气无力
鸟雀的叫声明显减少,我关心的红嘴鸦儿
没有出现。不知寒夜里
又走丢了几只?人群慢慢散去
活人替死人寻找墓地,活人替嘴巴
寻找饭碗。这是我们不得不谈论的一年
远方的朋友继续保持沉默,仿佛我们
都有难言之隐。没有人讲述生活艰难
活着是写在黄纸上的符语
我们信奉世上有无形之手
而大地是一种新希望,重新种下
麦子、玉米和大豆
关于神的预言,稠密的云层
遮挡了秘密。一无所知的
人们,继续扛起锄头
仿佛大地深处,有更多人世的
黄金,等着认领

劳作

真正的劳作,是在大风大雨中奔波
昨夜,在打草机旁,机器明亮的灯光下
我递给他们五瓶可乐(这不是特意准备的)
那些和我一样的兄弟姐妹,他们粗鲁的话语
变得温柔,雨正在下
他们的脸上有斑驳的河流,眸子里明灯闪烁
而乌云挡住了星星
我知道,他们永远看不到这首诗。他们叮嘱我
在大雨来临前,要把所有干草运回家

麦香

黄昏稠密,夕阳撒下最后的色彩
草木浓郁,混合的香味在田地上空打结
天就要黑了,坐在地头的人还没离开
点燃的烟续了一支又一支
这小块的麦田,像是一个山冈的试验田
又仿佛是成片玉米地中的黄丝带
——天真正地黑下来了,直立的麦芒
和黄金的色彩都已消失,麦香是唯一的眼睛
带"麦"字的古老的地名,令眼睛湿润
他摸黑回家,找出镰刀、磨刀石
这种收割方式,已经绝迹
当年割麦的队伍里,有人睡在麦子之下
再也不会醒来。他依然要一个人保持队形
用麦垛撑起麦地岔的名字。而这
并不是故事的结尾
镰刀沾上露水,时代的锈迹隐身在薄雾中
公路的汽油味把微弱的麦香卷向更远的地方
一个人孤军式地抵抗着生来的宿命

这样的时刻

太阳西斜,打铁之人远离火炉,黄金的色彩
照在玉米叶片上,我站在中间
——仿佛土地的王
被绿色淹没的是:沾满泥土和绿色汁液的
牛仔裤,以及数不清的汗滴
但我依然醉心于这样的时刻,黄金的光线
照在黢黑的脸上,一个人两手空空
背着土地上结板的诗句,满心欢喜
——走进黑暗之中

炊烟

多么单调的村庄

依此,省略山路晃荡而过的人影

省略——耕牛,这种珍稀动物

省略,飞过头顶的麻雀

许多细微之物,不再计较

唯有犬叫,是空灵之声,传出很远很远

唯有老人的影子,比纸还薄,紧贴山路

唯有炊烟,怎么扶,也扶不上屋顶

天将晚

夕阳西下是惯用的比喻
晚霞在收拢黄金的翅膀,万物回归本色

一天仿佛一瞬,蚂蚁并没有在原地打转
菜园里、辣椒、白菜、黄瓜都有向上之心

风从原路吹来,一个人有了旧痕迹

问候

事实上，收拾完大旱中存活的
玉米，立冬早过
雪已下过一场
整个秋天在悄无声息中滑了过去
现在，我才有时间伸个懒腰
对一年的收成做个粗略估算
收支悬殊，亏损已成定局
眼前的这大堆带有黄金气息的玉米
是秋天带来的唯一的收成
但已经没有什么意义，在无辜浪费的
光阴中，这只是命运相似的一截
我并没有加入哀鸣声声的
秋天合唱团
第二场大雪已在来的路上
一个洁白的世界
将掩盖世间所有忧愁
这相同的剧情，一直在上演

仿佛有无限的希望，正扑面而来

仿佛我们的脖子上，也有

一根传说中的胡萝卜

诱惑或驱使着我们向前

正是在这样的奔波中，度过残缺的一生

童话的宫殿中，人们大睡未醒

雪从暗黑的天空密集飘下

瓦片

又一个冬天来临,得给棚圈搭上棚膜

我搭好梯子,棚膜要运上屋顶

父亲在底下扶着梯子,提醒我

注意脚下,小心踩碎瓦片

每次捂好棚膜,总要碎几片瓦

这些很多年前从很远地方拉来的瓦片

已经没有地方可买,碎了的瓦片

也就无瓦可换。下一个秋天

雨会沿着碎瓦片的地方漏下来

这一次,我没再说什么

那些胡基垒成的墙,被雨水一再侵蚀

陈年的木檩,早已腐朽

不知它还能不能撑到下一个雨季

但我依然脱下鞋子,小心翼翼在屋顶挪动

在这得过且过的日子里,我们珍惜

每一件物品,哪怕它是无用之物

包括,这快要倒塌的棚圈屋顶的旧瓦片

恰到好处的孤独

我适应了这样的生活：六点起床，给羊儿提水喂草
之后吃简单的早餐。那会，太阳刚刚升起
草叶上的露珠开始消退
对面的山坡上，苜蓿花开，鲜嫩的草儿，羊的好饲草
镰刀飞快，苜蓿顺势而倒，古老的收割方式唯我一人
 使用
昨夜读过的诗句已经忘记，世界大事屏幕上聚焦
我已懒于和人间对话，电话铃声从没有响起
一个活在山中的人，资源枯竭，价值全无
老朋友们都在城市的角落生活，语言几近消失
对面很远的马路上，大小车从不间断
扬起的灰尘，另一种人世的烟火
山谷死人般的寂静，我喘气的声音
是对世界的回应，也是孤独吐出的黑眼睛
直到摩托车的引擎响起，我起身回家
浓稠的阳光在皮肤上镀金，不出意外
我将这样度过整个夏天，孤独是仅存的影子

这唯一的金币,神给的报酬

而夜晚准时,并不会缺席这白水般的生活

那里,诗行像幻灭中的王朝,我有十八般武艺

但刀枪都已入库,等着解封的圣旨

只有这厚土布一样的孤独

种植着白发,升起的白月亮下

露水缓慢落在草叶上,调和着夜的苍凉

掌控

电话里，父亲又在向弟弟

诉说，买了十亩的胡麻种子

只种了六亩就没有了

那天早上，父亲来到地头

在大型的播种机前

看了看就走了

事实上，除了父亲

已经没有人种这种油料作物了

操作员也不敢保证亩种数量

我们只能在播种中调试

误差不可避免

我出去时，电话已经打完

不知道最后谈论的结果

谷雨之后的暮春，温度骤降

明早又是清霜盖满大地

这些在两代人之间争论的种子

也许会被天气集体谋杀

万事万物里,我们抢占着掌控的先机

而在不可预知的灾难中

只有一声叹息

活着的日子,任何

天灾都合乎情理,而我们

依然要在争吵中度过一日

我在田野等风吹过

一次闪电

世纪的大雨,落在某些地方
在此之前,闪电划破长空,神的
电焊手也有空怀的壮志
给天和地架起一座光明的大桥
那时,暴雨还没有落下
我们的恐惧还在承压的范围内
闪电退去,神的手谕即刻生效
漆黑包裹着绝望,登高的人
抛弃尘世的浮尘……
很多年后,我都能想起1992年的
那个夏天,和一道闪电
即使身处无垠的大海之上,钢铁的轮船
拉动另一个星球,我也知道
生命的刻度只剩下闪电的余烬,那微小的光明之后
我将抛弃整个人世,人世也将毫无悬念地忘记我
只有闪电过后的绝望,在一次次重复
像此刻大海的浪头,永无尽头
也会即刻风平浪静

废墟上的母亲

我看到你头上的白发

沟壑般的皱纹。我无法描述的是

你深陷废墟的表情

我知道,眼泪浅薄,悲伤廉价

你举起十字架,举起一生的信仰

如同我曾无数次在深夜写下的神

但有什么用呢?那些被我深恶痛绝

的词语,正碾过你

种植麦子、玉米的黑土地

我有欲言又止的痛苦,而你

有无法用语言言说的伤口

但没有用啊,钢铁铸造的那些洪流

正用一种文明毁灭着另一种文明

而你,一个乌克兰母亲

又能做什么呢?

殇

你攥紧手中的十字架,仿佛攥紧最后的武器

信仰蒙在脸上,上帝还未降临

哀伤重复着哀伤

你的身后,大地化为焦土,城市成为瓦砾

每一分钟,有人死去

种子深陷在春天的旋涡中

那些叙述了无数次的战争还在叙述中进行

蓝色星球裹着浓烟、火光和爆炸的巨浪

爱被谎言夺走,到处是钢铁的洪流

而你用力的手臂,正在叩问上帝的口谕

我不敢预言结局,每一颗子弹都射向无辜的人群

谁能保证,上帝会是安全的

穿越边境线的孩子

哦,那孤独的小孩

我只能用"孤独"这个词

他一个人越过边界

他在哭

他逃离国家、家园、城市和乡村

蚂蚁一样的难民中

他那么扎眼

他稚嫩的哭声,掩埋在炮火声、履带碾过土地的声音中

而我的记叙,写到这里,仿佛虚假的人道主义

在滋生,蔓延

但穿过边境的孩子,还在继续走来

关闭的镜头里,黑暗

挡住了地球村的那些围观的村民

空山寂寂

我有大风、沙尘和铁青色的天空
我有满山的桃林,白刷刷的花朵涂抹枯木般的大地
我还想有老虎、豹子和美女穿梭花丛
而空山寂寂,野兔、鸦、雀都销声匿迹
一个人在桃林中晃荡,一个人写不出桃花诗
我路过的地方,一座孤坟,向阳,背风
桃树包围四周,花瓣落满坟头
他的生前,可能是乞丐、浪子、孤家寡人
但不妨碍此刻的他,做花下之鬼
他享尽了满山桃花,他躲不开人世无常

落日论

苜蓿地里,紫色花一朵接一朵开

在枯草成堆、干旱少雨的山坡上

蜜蜂扇动着翅膀,像赶了几天几夜的路

草丛深处,苜蓿的叶子从底部脱落

大地上厚厚一层

仿佛事物的两个极端,头顶开花,根部开始死亡

圈棚里,羊群发出饥饿的咩咩声

此刻,我是观花人、割草人,也是牧羊者

我扮演着不同角色,哪一个都不能少

这是夏日的黄昏,帝国的渡轮还没有启程

我愿意再等一会,让紫花苜蓿多活一刻

在天黑之前,我不想做

小人、无赖、地痞、流氓……

而时间永不停歇,落日从不顾忌什么

准时跌落山头,并不会等待

一朵花的凋零,和一个人的归去

出生地(二)

食品有产地,一个人有出生地

星夜赶考的人骑着毛驴,灯下苦读者

耗尽盏中油

世间无尽事,种瓜者得豆,并不荒唐

用文字垒墙的人,当是井中蛙

庙堂之上,不学无术之徒,衣冠楚楚

我手持出生地的证明

敲打世间的门

有人一生都在修复皮毛

有人狠命锻打骨头

返回故里的人,将被故土埋葬

出生地刻在黑色墓碑上

为了这最后的荣耀,一群蚂蚁

扛着面包渣,在雷雨之前

也要重建自己的出生地

转瞬即逝的雨

雨落在地上,天刚刚发亮

像是神的临时起意

烤焦的土地上

多少人夜不能寐

而现在,雨打在树叶上、庄稼上

也打在老旧的屋顶上,集体唱歌

鸟儿叫声稀薄,扇动翅膀

清洗透明的小心脏

有人问询雨情,像打听股市的行情

雨砸在万亩土地上

又整齐停止

这转瞬即逝的雨啊

多像我们活着的故事

这人世上,能肯定的事物越来越少

包括一场雨的开始和结束

语言是无用的

是的。我冒险说出这句话

只是手指轻滑屏幕

完成对沉默的解释

我们又将度过一个相同的夜晚

灯光熄灭的一瞬

像生死完成了交换

——语言被抛弃

门外的墙壁上,蜘蛛忙着织网

几缕月光先于飞虫

身陷其中

冥想录

白云随意游动,天空是更远的大海

鸟儿用翅膀拽着整个天空飞翔

我想借三克空气

两瓣月光,和五湖四海的星星

去路边摆个人间烟火摊

太阳毒辣,人民都在梦中休息

有人寻找破败的王朝

有人一脚踏空却捡拾黄金万两

一台老拖拉机,在山谷那边缓慢爬坡

它要在日落之前,赶上文明列车

它是我家院子外面生满铁锈的

常州牌拖拉机

生于1975,死期未知

即景

大雾缭绕,包裹着几声鸟鸣,老树在水彩画里

天气预报,深红部分加重

地图的一角暴雨如注

我的田地,荒草不再蔓延

呈现凋零之势

几个孩子在公路上跑来跑去

我加紧写诗,试图堵住

漏风的村庄

谁说书生无用啊,形容词里的

江山,正等着朝阳送来的

无用的黄金

驶向 1975 的拖拉机

想起摇把,想起冒着黑烟的拖拉机,就会抬头看看
　玻璃
一大块铁在玻璃之外老去

想起 1975,就想起颠簸的山路,拖拉机拉着叫曹兵
　的孩子
驶往城里的医院

摇把是钥匙,也是铁,铁挂在铁的拖拉机上等着驾
　驶员
收废铁的商贩的叫喊声停在山那边

一台拖拉机要等到雨夜启程,赶往墓地
一台拖拉机太老了,1975 的路到处坑坑洼洼

少年谣

天未亮，雷声在头顶滚动

推门，雨点零散，古老的俗语落入俗套

祖先的老话并没有老去

七十公里外，山城大雨如注

雨是归来的少年，神在显灵

有人在电话里传递喜讯，有人在微信上打探雨情

喜悦在屏幕中弥漫

钟表敲打墙壁

晨钟结束，暮鼓开始

鸟鸣，拨开稠云

从枝间掉落

在雨的间歇中，奏响欢歌

很多年了，我从没有发现

一只鸟离世的场面，和它死亡的

肉身。仿佛在轻晃的枝头

时光托举着羽毛，鸟儿从不会老去

少年的歌谣，永不停止

无事书

小南风刮了三天,黄土没有矮下去一寸

树叶哗啦啦,哗啦啦,吹响人世的梵音

鸟儿藏在树丛中,不辨雌雄

不顾生死

——奏响欢歌

玉米顶着太阳,雉鸡日夜巡逻

辣椒、黄瓜、西红柿

都抱有不死之心

枝头上结果,是雨过后的话题

我守着一座山,不动一草一木

成群的蚂蚁,列队出行

看家护院的狗,不出声

骨头失踪

盗贼已做良人

羊儿的咩咩声要叫到天黑

片刻的安静

是青草堵住了嘴

星辰照耀人心，只有黄连用它的苦讲述世道

梯子搭在去往天堂的路

而时间静止

万物都抱有长生不老的心愿

第六辑

真情书

生日曲

这艰难的人世,母亲已辛苦走过七十年

相对而言,是一种胜利

我活在乡下的母亲,刻满皱纹的脸上

沟壑如我们幼年翻越的大山

年轮历历在目,像是对生活的抵抗

我体弱多病的母亲,在药水中浸泡

多少次死里逃生

却在生活中处处有爽朗的笑声

我惊异她瘦弱的体内,藏着铁的骨头

或者钢的火焰

现在,我们走在泥泞的山路上,天空飘着毛毛雨

事实上,自弟弟定下母亲的生日宴

雨,就没停过,断续如同失意的一代人

母亲红色的衣服,是阴郁天气里的花朵

这是母亲最隆重的一次生日,七十大寿啊

弟弟一家人从城里赶回,车在流水的公路上等候

小镇上,楼层最高的饭店里,有人结婚

我们踩着爆竹的红色碎屑走了进去，仿佛又多沾染

　　了一些喜气

有限的亲人从四面八方的雨幕中赶来

这金秋的九月，霜比往年迟了很多时日

霜没有落下，寒冷就远一些

包间里，大功率的空调运送着暖风

为雨中而来的人送上春天般的温暖

菜开始上桌，六岁的小侄子在生日蛋糕上插着蜡烛

一根，两根，三根……七根

蜡烛点燃，母亲进入了人生的七十岁

仿佛树木上的年轮又多了一圈

我一生慈眉善目的母亲脸上笑意盈盈

她和唯一的孙子吹灭蜡烛

这是值得记录的画面，这是她从小带大的孙子

他们的头紧紧挨在一起……

这——

是我七十岁母亲最好的生日礼物

举杯,分食蛋糕

没有沧桑可叙述,我们的父辈

太容易满足,和这个时代格格不入

他们的话匣子,无非是麦粒般大小的琐事

在无限次的重复中,找到生的乐趣

和活的意义

我在沉默中体验生之价值

时间无非是钟表上的指针,钟表不过是时间的木偶

并不会因为什么而放慢或停止

匆匆赶来的人们,又要匆匆离去

瓢泼大雨在玻璃门外洗劫着街道

车门打开,车轮推动着积水

返家的路上,泥泞的山路

比泥泞更泥泞一些

我们小心翼翼,母亲在属于自己的田野

和孙子留下合影

这是值得纪念的日子

我乡下的母亲，没有表达什么

只是笑容更多了一些

雨声中，我望着母亲的背影

辛酸有，欣慰也有

她拒绝了我的搀扶，步履

在雨中坚强移动

我摔下山崖损伤脊椎的母亲，平稳地回到家中

在这片不热的

土地上，我见过无数一样的母亲

在重压下坚忍地活着，和死亡对抗

而我的母亲，是她们中的一员

而我的母亲，活过了七十岁，是我忍不住泪水的

年龄啊……

姐姐

我们之间的记忆,仅限于九岁以前

那时,日子艰难

填不饱肚子的岁月里,我们如同放养的羊群

无人约束的野性在广阔的田野间释放

我们有接近土地的颜色

无知的冒犯在每个人身上都会发生

我们年幼的心并不知道

这简单的人世包裹着多少复杂性

昨天之欢愉暗藏着明日之离别

在以后无尽的日子里,我们九岁以前拥有的

孩子的品质,会被尘世的风吹得那么粗糙

沙粒也会裹上包浆,亘古不变适合宇宙传说

而人类在四十岁以后

体内的火山不会再喷发

那些令我们感动的事件,都发生在屏幕之上

今生,我只有一个姐姐

这不容置疑,天生的骨肉相连

无可代替,但我还是没有更清晰的

表达,收住内心的火焰

避免更大的错误,发生在我们分别

又重逢的中年……

赞美诗,兼致乐果

此刻,地图上几厘米的距离是安静的

但需要省略大风、暴雨、雷鸣、沙尘

在骨头隐去光芒的时候

不能隐去的是一个有着和剧毒农药一样的

名字。我不知道,以毒攻毒才是美好留存的

理由,还是杀死所有害虫是一个名字的

理想主义。我是一个小农主义思想的奉行者

我所用到最有光芒的铁器,无非是锄头和镰刀

不包括笔、纸和键盘

它们同属象征主义。诗让我们达成了和解

并摒弃了主义之见

就像现在,我推门出去

大片的玉米地里,那些被暴晒了一天的

玉米苗,正竖起耳朵,听雨的声音

而天空明净、高远,没有一片云走动

纯粹,干净得不像天空

这多么像你:干净,纯粹

这是我突然想到的——

但不是赞美

晚祷,兼致田螺

在这里,没有伟大的写作者和向晚的钟声
日落而息也并不适合耕种者和牧羊人
但那因文字到来而形成的旋涡依然在大脑中制造
　出类似的钟声
仿佛所有热爱的溪流终将会汇成奔腾不息的河流
而我们的敬畏心,也会在纸上生成宗教般的图腾

瓷片,兼致田螺

更多的瓷片,是我们粗心或失手时打碎的完整瓷器
更多的瓷片,是来自土地深处终以显现出的远古的
　文明
生而圆满,是祖先留给我们一生追求的内核
我们被无数次打碎(现实或变故)
又无数次拼凑圆满的过程,生命的意义将在于此
可我们终究不是一块瓷片,在某一次被打碎后
将放弃圆满,在残缺的人世过完一生
我们写诗,负责记录:时光的裂缝
瓷片上的花纹,那活着的痕迹

歧路,兼致小村

我们谈论诗歌的时候,风突然拐了个弯
预报的准确度提前打了折扣,扬沙覆盖了半个国土
霾笼罩着巴掌大的天空,观天的人失去了窗
而话题微妙的变化,也像是受大人物刮起的风暴
影响,惨淡是现实书本空留着的白纸一张
填空的人是你也是我,歧路出现在墨水的颜色上
我们共同抛弃了蓝墨水,黑与红让语言的动力学
有了十足的马力,事物的本质并没有
涉及草木和星辰大海,但界限的绳索
让我们各自画地为牢,雾霾锁住了远山
而久远的事件成为墨水的湖泊,没有谁企图撕下什么
空气就不会平白打结,诗歌一点点失去
它以往的功能,任何皇冠上的添砖加瓦者
都被重新定义,但有什么用呢
雾霾没有散去它模糊的影子,支付宝上
的种树人,一遍遍寻找一棵树的定位
而我们从不知道歧路在一代人身上

制造着裂痕,也制造隔断地带

一只飞在窗前的大鸟,固执地撞向玻璃

风声中,鸟只留下它的尾巴

像一块沧桑的玻璃,伸出它黑色的手臂

这是唯一的非虚构事物,攻陷了我们

用一整天建起的堡垒,而鸟儿无罪

它托起翅膀,一个无名者没有留下地址

轻易撕下了日历中历史上的某一页

流水的声音,兼致玫瑰

还有未说出的话,我都告诉星星
还有未发出的表情,我都寄给了黑夜

对于你,河山尽失,城池失守
我能捡拾起的语言,微如尘埃

如果说起活着的一生,我只是客居世上的蝼蚁
怎配动用一个此生扛不起的大词

一些人无端来到人世,一些人无端离开了我们
流水的哗哗声,是钟摆悬于头顶的声音
还是他们在黑夜里行走的声音

回到越国,兼致浅韵凝

有人喝酒,有人高歌
仰天长啸是古老的镜头
研墨之人早已离去,我们忙于打字
越人只是别称,时空难以穿越
回到越国,你当闭门作诗
江南水流过,亭台人影动
寄小情而不叹落日
天空只是天空,鸟穿不过云层
日子简单,看旧的《诗经》都是传世的
宝典。绣楼下
当有公子等待。每一章诗篇中
都装着一个前世的情人
而电影散场,银幕再无情节
醉酒的人不知去向,越国已不再是越国
像我现在写下的分行,皆是虚幻
它的开头部分,正被大雾包裹
神没有醒来,世事将永无结局

淮河水,兼致小米

秦淮河里,船影晃荡

倩影都被时光带走。南京古城

留下六朝帝都人家。这些

都是风吹过留下的信息

而屏幕上,无关南北

仿佛距离并不是以公里计算

一个女子,在秦淮河边,织鞋

写诗

诗里有没有秦淮,无从考证

而我是草民,一生都在种玉米

如果玉米也能挂在秦淮河边

一首诗就有了结尾。我们一生都在追求

完美。我们一生

都走在残缺的路上。那绕过南京的

河水,同样又穿过南京。

礼物,兼致素素

如果世间有魔法,我还没有遇到
我只承认诗歌是一个神奇的盒子
它穿越时空、地域
也穿过高山和流水
我们以诗歌的名字相遇
它不是信仰,也非宗教
可它的确有过滤功能
像世间,唯一的世外桃源
让人放弃世俗之见,信奉众生平等
三国,就有义结金兰的
传说。那是男人的情义
留下了世间奇事
而你不是男子,我们没有歃血为盟
隔着千山,我们也是尘世里的
兄妹。这是活着的半生
上天赐予我最好的
礼物。有雀舌的清香
也有苹果一世的甜

回声,兼致南音

仿佛只有置身山谷,微弱的声音
才有回声。如果声音再提高一点
也会惊动偶尔路过头顶的神
诗歌的脉搏持续跳动
这世上虚无的事业,能给我们带来什么
这让我们孜孜不倦投身的河流,会不会冲走
最后的骨头?这是无法折返的路
每一首经典都能激活敬畏之心
也可能是俗世的笑话。我们
需要这细小的回声
如同黑夜中的磷火
我们制造光,用我们本身的骨头

猫头鹰从黄昏起飞,兼致莫浪

光明也有尽头,黄昏是巨大的提示牌
日落是最后停止前进的刹车,它偶尔失灵
我在清水中洗脸,那些落满灰尘的书再一次被翻阅
黑夜抹平了白天的界线,更多的道路向我敞开
我在纸上写下虚妄,躲开人世的禁忌
生而平等,我和猫头鹰一起起飞

铁的内心,致都教授

一直没有想好,如何在一杯茶水中探寻

一个人内心深藏的铁

茶不是酒,没有大醉之后的独白

可我分明看见,一个人拥有了茶

就拥有了全部

这是一个人在北方大山里的

联想

而你是在都市与大海里往返的人

在你的一次次描述中,巨轮往返,大海波涛汹涌

哦,所谓巨轮,具体的

画面,只有幼年时从电影里看到过

而你是船的眼睛

没有去过大海的人

已经词穷意尽

但在这无穷尽的世间

大山遇见海水

需要积攒多少世的福祉,才能换来

这微妙的相遇

而我只有借助上天,来表达人世之美好

是腐朽,也是无用的

人世间,兼致宁乔

仿佛一切如故,时间并没有带走什么
今天和昨天一样,我能记起的
是你的嬉笑。从哪一天开始
已经忘记。我们也曾认真谈过诗
仿佛一根细绳上的
两只蚂蚱。不是说命运
是说相识。百无禁忌的
谈话是一种享受。生于这个浮华的
人世,外表光鲜是一种美好
这个你有无数个赞美者
我更喜欢探寻你内心的
本真,抛开世俗
也能找到话题。就像好天气
也会有雷鸣电闪
而我想抓住什么呢
神不能回答的,交给时间
蚂蚁在大雨中涉水,我们在人世中
寻找着圆满的轨迹

世有爱，兼致曾朴

城市的傍晚，无落日可看
夕晖打在楼群上和落在半山腰是不同的
我是闯进来的异己者
干净的长条椅上，我看着路过的
人。他们步履匆匆，赶着回家
却喊不出一个熟悉的名字
就像你，我们同属尘世的陌生人
但又不是。如果一首诗
有照耀人心的功能。一个陌生人的
关爱就是济世的良药。庙堂太远
江湖只是传说。六英寸的屏幕
是我们拥有的天下，指尖下的
春天，不会让每一朵花
客死他乡。漫长岁月里
我也会忘记悲伤本身的意思
去寻找被遗失的温暖

河水拐弯的地方,兼致李向菊

一次微乎其微的遇见,是上天的

赐予。我拒绝说出恩赐

也不说命运的河流拐了个弯,太大的词

会有相反的走向

从大巴车厢到亭堂阁楼里,我们毫无顾忌

谈论诗歌像谈论生命中的小确幸

结局被忽略,时间在漫长的过程中

有了全新的意义

河流有永不回头的奔流的方向

我们隐藏登上塔尖的理想

仿佛多变的世事里,任何肯定语

都有出现差池的苗头

而我们的热爱,比春天的大风

更为明显,构成了宿命说中的

大部分,每一次散去

并不是离别,像每一次落笔

都是我们的热爱在重生

时间终会消失,但不可消失的部分

是白纸上的挪亚方舟

也会是我们

终生的宿命。而现在

灯光能点亮的

除了救赎,还空无一物

阳光的重量,兼致李蓉

扛起阳光,在山间行走

一日重复着一日

不小心举起了火把

火焰就不能熄灭。如同我们此刻

谈起的诗歌,那种在体内的蛊

再也无法剜去。你在山中与城市之间

奔跑的车轮,同时带来时间的沧桑

但这有什么?阳春与白雪散去的时候

生活的故事还在日复一日

你见到的,和你没有见到的

都在某个地方等着记录,这无关贫穷

也不关乎富有,悲伤和喜悦

有时候混合于同一种饮料中

在长长的书本史中,记叙从没有中断

我们就没有理由抛弃热爱的火苗

像大雪阻挡的道路

我也在纸上预设符合的电影场景

空洞,无物

但要相信,总会有一只喜鹊出现

像一个喜剧的开始。它会从头讲述

阳光压在肩上的那些

重量

太阳没有悲伤的脸

一

很久,我的电话没有响过

而一个午夜的来电更显得不同寻常

一个亲人逝世的消息送达耳边

此刻,用呆若木鸡来形容自己

是恰当的

我想接通所有熟悉的电话

告诉他们,一个昨天还看见的亲人离去了

但我更想告诉他们的是:我对死亡的

恐惧

但这是午夜啊!

许多人还在梦里

看着好多电话号码

一遍又一遍

让它们陪着我

等最早的太阳照耀在窗前

二

我站在窗前
偶尔驶过一辆车子
像是回家的人
我的弟弟,也奔跑在山路上
他要赶回老家,去和父亲的弟弟
做最后的告别。再疯狂转动的
车轮,也赶不上死神的脚步
我没有打电话,我只是在等
我能想象到,雪白的灯光
划破黑夜是不应该的
而山路崎岖,向前
是唯一的出路
当车灯和院子里的灯光快要靠近时
我等来了电话,和一声长叹
我们都无力替一个逝去的

亲人说些什么

三

在黑夜里苦熬的人
看着时间,也等着东边的太阳
许多事,只有在天大亮时
才好昭告天下
一个亲人的死讯,也要在另一个亲人心里扎一刀
才算完成离去
我们都是和太阳赛跑的人
没有人会长生不老
现在,我只有压低声音
不多说一句话,只把一个无可更改的
事实,传递出去——

四

无数次听过死亡的讯息
无数次在死亡之后学会叹息
这一次,我是迟到者

终究绕不过的是:白色纸幡在门口飘荡
习惯了在沉默中活着的人
也习惯把哭泣藏于舌底

经历了无数次经历的习俗
一场对逝者的告别刚刚开始
又好像已经结束

我看见了白色在尘世行走
也看见了白色覆盖白色
仿佛一个人的一生,如同一张白纸

如同一场大雪过后的大地

干干净净,空无一物……

五

院子里没有人喧哗,只有哀乐缓缓响着

我们省略问候

在火热的夏天,我的亲人提前睡在了冰冷的棺材之中

他舍弃了人间的温暖,保持最后的安详

每个赶来的亲友,都会看最后一眼

我们点燃纸钱,也奠下茶水、烈酒

用额头叩响大地

蜡烛彻夜长明,替我们守着亲人

也替我们流着眼泪——

六

阴阳师的罗盘,对着群山
一根转动的小小指针,寻找着风水宝地
没有人会质疑这小小物件的能量
我们有虔诚的心

乡村凋零,已没有人能挥起铁锹
挖出一个离去人的容身之地了——
在这个工业化时代,我们无法和父辈一样
从远处驶来的挖掘机,有突兀的声响

二十分钟,墓穴已经完成
机器不懂得悲伤,它保持文明社会的速度
无暇顾及站在一旁的亲人的心情
我转过身,它早已向下一个坟地赶去

没有散去的灰尘里,有更多模糊的

脸。让人无法看清

七

赶来送别的人群

有些,是从千里之外来的

有些,近一些

更多的,是步行而来的邻居

告别就是看一个人最后一眼,看一个人

在尘世最后的画面

哀叹声中,一些往事被扯出

它们都闪耀着人世的光芒

更多的,是同龄人

他们似乎看到了死亡的影子在自己身边奔跑

有一瞬,他们放下了活着的荣辱

接近生命的真相

八

再有二十多小时,我们将结束一场葬礼

和一个亲人做永久的告别——

有人选择彻夜不眠,仿佛

走动的光阴再也无法抓住

抽烟的人继续抽烟,饮酒的人继续饮酒

没有人能绕过一个词——死亡

也没有人刻意提起活着的意义

我们需要说完对一个逝去亲人的最后话语

夜已经很深了,月亮迟迟未来

星子照耀着大地,我把快要燃尽的香

又换上一炷。而上一个插香的人

已不知去向

九

夜凉,露水重

我们盯着钟表

看着时针接近终点

一下,两下,三下……

指向预定的一瞬

安静的人群开始不安静了

所有和逝去亲人有关的东西都被带走

这最后的时刻,最后的告别

灵堂被撤,棺椁轻启

在黑夜行走的人

火把被高高举起

而我的亲人已经看不见这人间的光了——

最后一次,最后一次

棺椁合拢,阴阳两重天

那些燃烧的纸钱,照亮了黑夜的脸

新鲜的黄土,就要掩埋掉大地的口子

坟堆是突兀的

我们留下花圈,铲除掉复活的野草

我们一步一回头地离开。黑夜就要离去

太阳将不例外地,照耀着我们和隆起的坟头

我的亲人不见了,而太阳没有悲伤的脸

武汉时期的爱情

一

听说桃花开了,在某处的山洼
我只是从图片中探知春天到来的信息
而气温下降,雪落在了京城,雪落在了东北
突然起的大风,正在加速
雪,也快要落在我的村庄了
时间不会停止,钟表不会停止

二

我想,悲伤已经够多了
从天河到人间,像乌云压在头顶
我想,愤怒已经够多了
我冲着山谷大喊一声,只有惊飞的麻雀
从一棵树上到另一棵树上,像一个王朝的子民
它们的嘲讽,我选择视而不见

三

从除夕到现在,我忘记了翻动日历
我忘记了看钟表上走动的时间,我忘记了
语言能表达的含义。我忘记了对所有人的
问候。我足不出户,像是我守着大山,大山用另一
　种慈悲守着我……

四

一个人在白天睡去,一个人在夜里惦记着武汉
没有人不为纳米级的病毒恐惧
我也学会了昼伏夜出
如倒挂的蝙蝠。而我从没有见过这种动物
我只看见它扇起的火焰,悬在夜空
随时落下,随时制造冤案

五

被忽略的日子,如同白纸,没有印记

但在一张黑白照里,我窥见光的影子

大街空荡,行人失踪

一对拥抱的情侣,占用了照片的一角

那是武汉的街道,那是一个无意间摄下的镜头

我叫它武汉时期的爱情……

我留下它,看了一遍又一遍

六

今天,所有的爱情都已隐匿

只有古老的文字被人们拿出来,在阳光下晾晒

紧闭的门,倒悬的窗口里

无数人在等待着,等待着我们不知道的

东西。仿佛爱情也有生不逢时的一面

仿佛写下爱情,是对生命的背叛

七

一些玫瑰已枯萎,一些桃花已盛开

枯萎的,包裹着记忆

盛开的,也许是新生

而空山寂寂中,风继续撕裂着老去的记忆

失去爱的人继续失去,获得爱的人

不一定获得。等天黑下来,我会撕下破碎的日历

等到明年,活着的人再怀念相同的日子

微光

卑微的人也喜欢空阔,无边际的事物
像在夏天喜欢雪,像在高山思念大海

而昨夜,你说起以后的生活
我迟疑着,收敛起美好之词

我们之间,有填充不完的缝隙
我怕,太过完整的假设比假设更假

如果一丝微光能堵住一个缝隙
那也是,爱情悄悄来了

一首写在雪中的诗

雪说来就来,说停就停

如同任性的孩子,如同固执的老人

从来不管有几朵落在了屋顶,有几朵砸中了行人的
　心头

更多的,用来装点寂静的人间

一早上,我就坐在窗前

与雪花对视,与疾速下降的气温对抗

这时候,唯有用一首诗

来解尘世的毒

人间,尘世,多么大的词

在这个被遗忘的村庄不适合说出这些

悲伤、喜庆、离合

和触地即死的雪花,有着相同的表情

在诗里,有人说出爱,有人写出了死

这些都不适合一个远离喧嚣之人
他所有拥有的,不过是花开花落
草荣草枯。和一个稻草人何其相似

有人让文字生出了麦芒,有人让文字长出了骨头
他们才是诗人。而我,至今写不好风花雪月
只是埋在体内的种子,总要发芽
闲暇时,就让它长出几寸

雪又安静地走了,仿佛我也该起身了
生不逢时的雪花如果再晚来几天,就不会走得这么快
而我如果再年轻几岁,就不会用几行文字去表达哀愁
我会去爱一个人,像雪可以长久地留在冬天

第七辑

你好,于小姐(组诗)

我爱,这春雨的早上

周末。隐去的人们

忙于,稀释单薄的爱

我独坐在寂静里。春雨过后的早上

雾遮掩山头,神仙在云中

尘世被清洗干净,仿佛又是一个新人间

"你好,于小姐"

我打字的手停了又停。好想再换一种问候

一个用旧的称呼,有点不合时宜

可我爱,逝去的旧事物

也爱这春雨过后的早上

无论哪一种,都不能将体内

隐藏的旧疾,在一场春雨里

彻底清洗干净

春雨

隔着屏幕,还是能想象到
你穿着标准制服,好看的脸庞少了笑容
快速地敲打键盘,看一串串阿拉伯数字
用柔美的语言一千次重复着
一句话

你也不会看到,我凌乱的小屋,我抽烟的动作
我的村庄和落在春天的雪,更不会看到
我的桃树林,数以万计的小花苞正在
试探着人间的温度。再过一夜
它们就全开了

我们不谈这些,这些太费语言的生活琐事
我们保持着沉默,突兀的语言被重新咽回
这多像,守着各自城池的稻草人

大好的春天,不适合感叹

所有的事物都是新的,我们是世界之外的异体
把用旧的爱情再翻出来晾晒一次,不用换新词
如当年我们偶尔的相遇一样

"你好,于小姐"
这多像更多人第一次相见的礼貌语
一对被人世抛弃的孩子
终没有相问

可以庆幸的是,一场春雨,正在来的路上
万千草木加速重生。每一朵开在枝头的花
不是炫耀美丽。它们和我们一样,只是在接受着
生和死。唯有雨
可以,一场接一场地
下

暮春

暮春,草木已完成了各自的
更替。每一棵草或一片爬上枝头的
叶子,都是新生者。为一种力量,我们
拍照,吟唱

没有人会在春天暗自伤悲,更多的
死亡被忽略。照片中的你,依然如当年
我没有找到岁月走过的
痕迹。衰老,是冬天的话题

在成长之外,会滋生更多的
细枝末节。这些才是支撑日子的
梁柱。至今,你没有讲过
如同,从没有说起喜欢一种颜色的理由

风声渐紧,更多陡峭的事物
都不易提起。唯有沉默,更像是

一剂良药。小心翼翼地

维持着我们多年不曾失散的音讯

夹在陌生和熟悉的中间

一个称谓多年不变

唯有这次,我执意省略

在春天,每个事物都是新的

我拽住最后的春光,只为给多年的

死结,找一丝活路

而你的眸子里,一江春水已暗自

流动

低处

风,吹起来没完没了
整个小村庄都在摇晃。低处的草
像是在祈祷
头点个不停,而空山无人

高处的,是树枝
新生的绿叶很弱小。还没有
一片叶子掉下来。只有树枝剧烈摆动
很让人担心

也许是风的缘故,从塞北到西海固只是一瞬
你的照片和我一起抵达小屋
在遮风挡雨的地方,仿佛,我们
可以对视,不用言语

我无法从一张照片上探知想要的
真相。我们都已历经风霜

这时候,我不是看一朵花的盛开,也不是

看一副容貌的美丽

我知道,今天太多低处的

尘埃,都被风吹上了天,无处落脚

独自飘零。我们在一张照片上相遇

如同,老天在暗示着什么

至今,照片里的你保持沉默

至今,照片外的我

无法回答。仿佛宿命

仿佛谶语

我在田野等风吹过

素描

不再叫你于小姐。在有新的
称呼之前
趁春日还有尾巴,寻一小饭店或小茶楼
我知道,相对简陋,你更喜欢华丽

唯有小地方,才更像故人相逢
不是衣锦还乡,不是炫耀前程似锦
把弯弯曲曲的心事——捋直
如手中筷子

大雪之日已远去,站在春天里
旧事不提也罢。我不知道,你心怀愿望
至今,为另一个世界的老人
而心存愧疚

我们不是剥洋葱的人,真相总在若干年后
自动呈堂。而时间是最狠的

杀手。风霜绕过额头

心存善念也抵不过，尘埃落定

就像此时，你依然噘起小嘴

把未曾吐出的心事，藏于腹腔间

就像此时，你依然手搭额头

远方，夕阳散发出无限希望

谈及爱情

这一次,我们没有谈及爱情
在一个重若巨石的词语面前,我们
终于学会了轻拿轻放。终于学会了
躲避,绕道,不去碰触

我们的语气,放弃了锋芒毕露
不再嘲笑一棵稗子的卑微,不再打击心比天高的
纸命。偃旗息鼓和握手言和并不相同
只是时光让我们选择了平静

你说,你在等一个人,一个为你吃了无数苦的
男人。至今,他还身陷囹圄
仿佛平静的湖水被一颗石子打破。无数泛起的
涟漪会装着多少故事

而我不问,你不说
我们都在经历一个,类似电影的情节

一个剧本被无数次改写。我们都不是

能扼住命运咽喉的导演

谈及爱情,风月都已缓缓退场

我只是在重复一个词——我们

仿佛要留住什么

又仿佛,要遗忘什么

喊醒一朵花

我的河山很小,小到只是一个村庄
我的村庄很小,只能装下十万朵桃花

每一朵花自有来路,灿烂地生,灿烂地死
我不采不摘,我只是旁观者

一个春天走到这里,就要结束了
十万朵桃花开到现在,就要凋谢了

唯有你,依然穿着厚衣服,围着厚围巾
身后空阔的空地上,草木凋零

我知道,一个身揣千万朵花的人
替自己私藏了一个春天

而喊醒一朵花开,搭上一生的力气
还远远不够,不够

歧路

唯有在黑暗中，陈年里积攒的
泡沫，才会慢慢平息
夜色暗了一些，点亮的灯光会更加明显
它们，有着微小的悲伤
此刻，不宜随意扩大
不宜滥用比喻

抬头，望一望星星
它们如尘世的我们一样
一颗并不比另一颗伟大。走失者
无人在意

歧路，不只人间有。划过的一颗流星
也是一部分。璀璨只是瞬间
叹息也一样

而我们，终会是歧路的一半

终年的雪,早已化尽

没有相遇的两行脚印,再也无法

让影子重叠

呼喊你的名字

整个冬日,时间仿佛变慢了
我看着太阳升起,又慢慢落下
守着炉火的人,有彻骨之寒
文字是唯一的慰藉,写一页就少一页

早已不习惯提起爱
犹如不再把一个人的名字藏匿起来
喂养光阴的方式有无数种。比如
在白天睡去,在黑夜里等星星

没有人会看见,黑夜的凄凉或者孤单
不做梦的人,适合这样的时刻
反复练习清除身体里积聚的瘀血
有多少黑夜,就有多少白纸被码上文字

春天的钟声已敲响,河水将苏醒
草木将重新活在陌生的人世

我的大船也将造好。等到春暖花开

水流过的地方,会有人替我

呼喊你的名字

每一声鸟叫都怀有喜悦

叫醒我的,不是固执的闹钟声
是一阵欢快的鸟叫声——叽叽喳喳
顺着声音,在窗外的电线上
一群麻雀正在热烈交谈。我无法听懂它们的语言
只有喜悦在空中弥漫

这是正月初七日,年味已散尽
更多的人,走在上班的路上
你也一样。想到这里,心生愧疚
相对于一群麻雀,我们咬文嚼字的交谈
是多么可笑

再过一会,它们将飞走
窗口之外,又是一片空白
在尘世,我们远不如一群麻雀
多少话语被默默咽下,直到如一片叶子
重重地落下。沉默永远地
成为沉默本身

别

如果,时间也有纬度的话
这是我们别后,一亿年后的
一天。我们没有问候,没有音信
像一滴水,在人世蒸发

我想告诉你的,是多年后的惊喜
一个太过古老的手机号,替我省略了形容词
只把真相,和事情的本质
传送给你

在此之前,我用过太多的诗行
表达过人间爱意
它们有最复杂的词语
它们瞬间抵达,从不迟缓

而现在,我想告诉你的
一遍遍发送失败,如同我糟糕的生活

它们如此简单又如此复杂

在小小屏幕里来回往复

我们终将告别,这无奈的一天

没有刻骨之痛

像落叶离开了枝头

像我从此不用再莫名地替一个人担心

心动

对话框里

我们第一次温文尔雅

抛弃过去的挖苦、刻薄、尖锐

仿佛两个陌生人第一次见面

我知道

我们同样抛弃了客套、虚伪

和无用词

我只知道,你生病了,还在上班

这是仅有的信息量

我又能说什么呢?无非是一句安慰的话

无非是一个"保重"的词语

这些,和流失过的光阴一样

虚无得深不见底,连一根救命的

稻草都比不了

说了,又有什么用呢

我用一晚上的时间,一遍又一遍地

看着这几条近乎能背下的对话

它总让我想起过去

我们多么倔强,在天平的两端不放手

足够欣慰的是,在能够溅出火星的话语中

我们依然能再见,从没有走散

它让我相信,在茫茫的星辰下

在这空无一人的山谷里,总会有一颗流星

让我抬头的瞬间,就能看见人世的

光芒

情诗

亲爱,春雪布满人间,坚硬之物逐渐退去
比如,料峭的春寒,那些干枯的树枝
我们逝去的青春。江南,有人轻声呢喃:
第一个嫩芽已经爬上枝头

亲爱,春天来了,人世将脱胎换骨
有人说:草木无情。旧事物被抛弃,无可厚非
卸下的冬装,有往日味道。时光终有痕迹
眉头处,皱纹暗藏玄机

亲爱,我终将学会在春天用一个柔软之词
去面对你,就像一个初生婴儿对尘世的第一声啼哭
一个词和一声啼哭,都会有无数种解释
可哪一种,都像是死结

亲爱,如果光阴会倒退,将是多么美好
就连这一声称呼,都藏着无限欣喜。而此时

我们背着厚厚的壳,行走人间

就算有九十九首情诗,也会是矫情,白眼,漠视

对此,我心怀悲戚。没有一颗星星

会记住,人间这弱小的情事